OS MELHORES CONTOS

OS MELHORES CONTOS LIMA BARRETO

MARTIN CLARET

© desta edição: Editora Martin Claret Ltda., 2014.

DIREÇÃO
Martin Claret

PRODUÇÃO EDITORIAL
Carolina Marani Lima
Mayara Zucheli

DIREÇÃO DE ARTE E CAPA
José Duarte T. de Castro

DIAGRAMAÇÃO
Giovana Quadrotti

REVISÃO
Rinaldo Milesi

IMPRESSÃO E ACABAMENTO
Geográfica Gráfica e Editora

Dados Internacionais de Catalogação na Publicação (CIP)
(Câmara Brasileira do Livro, SP, Brasil)

Barreto, Lima, 1881-1922.
   Os melhores contos / Lima Barreto. – São Paulo: Martin Claret, 2021.

ISBN 978-65-5910-094-1

1. Contos brasileiros   I. Título

21-77041   CDD-B869.3

Índices para catálogo sistemático:
1. Contos: Literatura brasileira   B869.3
Cibele Maria Dias – Bibliotecária – CRB-8/9427

EDITORA MARTIN CLARET LTDA.
Rua Alegrete, 62 – Bairro Sumaré – CEP: 01254-010 – São Paulo, SP
Tel.: (11) 3672-8144 – www.martinclaret.com.br
1ª reimpressão – 2025

SUMÁRIO

Prefácio   7

OS MELHORES CONTOS

Numa e a ninfa   17

O único assassinato de Cazuza   25

O homem que sabia javanês   31

O jornalista   41

Um músico extraordinário   47

Por que não se matava   53

O cemitério   59

A biblioteca   61

O feiticeiro e o deputado   71

A doença do Antunes   77

A nova Califórnia   83

O falso Dom Henrique V   93

Um e outro   103

Miss Edith e seu tio   113

O pecado	127
Uma noite no lírico	129
Como o "Homem" chegou	135
Um especialista	153
O filho da Gabriela	163

APÊNDICE

Glossário	177
Guia de leitura	181
Questões de vestibular	185

Prefácio

O CONTO MORDAZ DE LIMA BARRETO

JEAN PIERRE CHAUVIN[1]

Afonso Henriques de Lima Barreto (1881-1922) foi um de nossos melhores contistas. Filho de uma família de origem modesta (mãe, professora; pai, tipógrafo), desde cedo teve que colaborar com o orçamento e os cuidados domésticos, mesmo porque sua mãe faleceu cedo e seu pai enfrentava sérios problemas com o alcoolismo.

Apesar da rotina sofrida que levou desde menino, ao final da adolescência passou a colaborar na imprensa fluminense, especialmente com crônicas, reunidas de início em seu *Diário íntimo*. A partir de 1905, registraria atividades regulares em diversos periódicos — não exclusivamente aqueles do Rio de Janeiro.

Enquanto vivo, o escritor contabilizou uma série de dificuldades, para além das financeiras. Tendo frequentado o Liceu, não conseguiu concluir o curso de Engenharia, na Faculdade Politécnica — fato que atribuiu à perseguição de um professor da instituição, como relata seu biógrafo Francisco de Assis Barbosa. Sem obter o diploma, resignou-se a prosseguir na carreira de funcionário público, conciliando-a com as demandas das letras e do jornalismo, na segunda metade da vida (BARBOSA, 1975).[2]

---

[1] Professor da Fatec São Caetano do Sul e Coordenador do Curso de Letras da Faculdade Diadema (Grupo Uniesp). Pesquisador de Pós-Doutorado junto ao Departamento de Letras Clássicas e Vernáculas (FFLCH/USP). Autor de *O poder pelo avesso na literatura brasileira: Manuel Antônio de Almeida, Machado de Assis e Lima Barreto*. São Paulo: Annablume, 2013.

[2] Refiro-me ao notável estudo biográfico deixado por Francisco de Assis Barbosa: *A vida de Lima Barreto*. 5ª ed. Rio de Janeiro: José Olympio; Brasília: INL, 1975.

Lima Barreto morreu aos quarenta anos, razão pela qual alguns de seus críticos afirmaram que, se tivesse resistido mais tempo, teria composto romances de qualidade ainda superior, comparativamente com aqueles que deixou.

Somente décadas depois de sua morte começaram a despontar críticas mais densas e equilibradas a respeito de sua obra, situadas entre 1950 e 1990. José Veríssimo talvez tenha sido o primeiro a reposicionar o nome do escritor antes disso, ainda em 1907.[3] Ele festejava o aparecimento da revista *Floreal* e do então recém-publicado romance *Recordações do escrivão Isaías Caminha*.

No entanto, anos mais tarde, o mesmo crítico faria muitas críticas ao autor, apegado principalmente à suposta negligência na revisão de seus romances. Muito diferentemente de Veríssimo, o entusiasmado Tristão de Ataíde afirmaria em 1919 (ano da publicação do romance *Vida e morte de M. J. Gonzaga de Sá*) que o protagonista "encara o mundo sem preconceitos, com um amor entranhado pelos humildes e sofredores, e uma íntima queda pelo paradoxo engenhoso".[4] Essa divisão de opiniões a respeito da obra barretiana ecoou pelo menos até os anos cinquenta, como se disse, quando abordagens mais detidas, e que consideravam o conjunto da obra do autor, começaram a despontar nos meios não exclusivamente acadêmicos.

Passemos à sua prosa. No plano da ficção, esse modo de conceber as coisas resultaria em narrativas pautadas pelas complexas relações de interesse entre suas personagens, muitas delas desenhadas como artificiais e fúteis. Essas características, segundo seus estudiosos, sobrepujavam por vezes o dado eminentemente estético em sua obra, marcada pela menor prioridade dada à ação, como observou Antonio Arnoni Prado.

O deslumbramento fácil, o egoísmo, a falta de ética são temas comuns em sua obra. Eles comparecem nas crônicas e contos — principalmente, em sua irregular colaboração em jornais de pequeno

---

[3] O artigo de José Veríssimo, de cujo título não disponho, foi publicado no *Jornal do Comércio*, em 9 de dezembro de 1907 — conforme a informação de Astrojildo Pereira registrada em *Crítica impura*, em nota da página 36 do livro.

[4] "Um discípulo de Machado". Rio de Janeiro: O Jornal, 18/6/1919.

e médio porte, sediados não exclusivamente no Rio de Janeiro — principalmente no que ele produziu entre 1918 e 1922. Astrojildo Pereira notou, a esse respeito, que:

> (Lima Barreto) Sem ser um panfletário profissional, imprimia a muitos dos seus artigos a feição de áspera crítica política e social, e fazia da sátira de costumes uma arma permanente de combate. São as mesmas características que se encontram na sua obra de ficção e que nos seus artigos aparecem, naturalmente, de modo mais direto e desnudo. (1963, p. 37-8)

A questão é que, por muito tempo, foi uma tentação para nossa crítica literária priorizar, em suas análises, o fato de Lima ser também dono de certo azedume pessoal — o que acabou se confirmando numa das marcas de sua personalidade, já estereotipada, mesmo porque *o homem* Lima tinha perdido lugar para *o escritor*.

Devemos ao já mencionado Francisco de Assis Barbosa um cuidadoso e extenso levantamento das qualidades da obra barretiana, sem enfatizar as supostas deficiências na composição do autor. Sua biografia, aliás, talvez tenha inaugurado uma crítica menos preocupada com a mera análise formal de seus livros.

Felizmente, nas últimas três ou quatro décadas, o nome de Lima Barreto voltou com força definitiva ao cenário literário.[5] O romance *Triste fim de Policarpo Quaresma* (para mencionar um dado pontual), tem sido há tempos leitura solicitada nos exames pré-vestibulares. Além disso, as obras do escritor têm sido reeditadas

---

[5] Dentre os principais nomes da crítica a respeito do escritor, salientaria os seguintes: Antonio Candido. "Os olhos, a barca e o espelho" In: ____. *A educação pela noite & outros ensaios*. 3ª ed. São Paulo: Ática, 2000; Manuel Cavalcanti Proença. "Prefácio" In: LIMA BARRETO. *Impressões de leitura: crítica*. São Paulo: Brasiliense, 1956; Sérgio Buarque de Holanda. "Em torno de Lima Barreto" In: ____. *Cobra de vidro*. 2ª ed. São Paulo: Perspectiva, 1978; *Osman Lins. Lima Barreto e o espaço romanesco*. São Paulo: Ática, 1976; e Astrojildo Pereira. "Posições políticas de Lima Barreto" In: ____. *Crítica impura*. Rio de Janeiro: Civilização Brasileira, 1963.

sob cuidadosa produção editorial.⁶ Paralelamente à maior atenção do mercado editorial, os estudos acadêmicos avançam.

Hoje, podemos encontrar uma série de ensaios a respeito de sua obra, dentre os quais destacam-se os de Antonio Arnoni Prado, que ressaltou o fato de o escritor ter inaugurado um romance de formato não tradicional em nossas letras. Carmen Lúcia Figueiredo contextualizou a prosa de Lima Barreto em nossa turbulenta passagem do Império para a República. Anoar Aiex procurou mostrar como o autor concebia a literatura, que não poderia deixar de lado sua "função social". Paula Beiguelman restabeleceu a necessidade de se ler a obra do escritor, justamente devido à lucidez de seus narradores e personagens, diante de determinadas conjuntas políticas e culturais.⁷

A exemplo do que acontecia nos cinco romances, em seus contos há espaço para toda sorte de assuntos, invariavelmente tratados com ironia e mordacidade, sem contar o papel decisivo da língua, em sua roupagem intencionalmente mais popular. Álvaro Marins bem percebeu que seria preciso "entender com mais precisão o uso da língua no projeto literário de Lima Barreto, sua compreensão dos estudos modernos da gramática e, consequentemente, sua antecipação em relação ao movimento modernista que se consolidaria anos mais tarde."⁸

A coletânea que o leitor tem em mãos reúne textos escritos por Lima Barreto no período aproximado de vinte anos. Eles dão

---

⁶ Mais recentemente, Lilia Moritz Schwarcz organizou uma obra capital dentre a bibliografia disponível do escritor. Publicada em 2010, pela editora paulistana Companhia das Letras, a coletânea *Contos completos* representa um marco, não só considerando a produção do autor; mas uma porta de entrada fundamental para aprofundar a leitura de sua extensa e variada prosa ligeira.

⁷ De Paula Beiguelman: *Por que Lima Barreto*. São Paulo: Brasiliense, 1981. De Antonio Arnoni Prado: *Lima Barreto — o crítico e a crise*. São Paulo: Martins Fontes, 1989. De Anoar Aiex: *As ideias socioliterárias de Lima Barreto*. São Paulo: Vértice/Editora Revista dos Tribunais, 1990. De Carmen Lúcia Negreiros de Figueiredo: *Lima Barreto e o fim do sonho republicano*. Rio de Janeiro: Tempo Brasileiro, 1995 e *Trincheiras do sonho — ficção e cultura em Lima Barreto*. Rio de Janeiro: Tempo Brasileiro, 1998.

⁸ Álvaro Marins. *Machado e Lima: da ironia à sátira*. Rio de Janeiro: Utópos, 2004, p. 134.

uma mostra de sua extensa contribuição em jornais e livros, que circulavam especialmente no Rio de Janeiro, a partir do início do século XX.

Numa e a Ninfa aproxima um casal absolutamente contrastante, mas que vive de aparências, perante a sociedade. Reunidos mais pelas convenções sociais que pelo sentimento ou cumplicidade, mostram os limites éticos da política, em paralelo com o amoralismo que reina em determinadas relações amorosas.

Em *O homem que sabia javanês*, a conversação entre Castro e Castelo evidencia que o pseudo saber é válido, desde que redunde em logro alheio e lucro particular, com direito ao posto de "cônsul em Havana".

Já em outra cena das mais interessantes (*Por que não se matava*), dois amigos discutem o suicídio (intentado por um deles), enquanto tomam chope em uma movimentada rua da cidade. O maior impedimento para que a ideia tome forma é o receio que o suicida tem da opinião pública: "Que comentários farão"?

Ernesto (*O feiticeiro e o deputado*) é considerado um feiticeiro pela vizinhança. Tratava-se de um homem supostamente sábio, apesar de sua reduzida biblioteca contar com apenas cinco obras. Em contraposição ao seu estilo simples de vida, certo dia ele recebe a visita do imponente deputado, "sempre cético e complacente".

O Doutor Gedeão (*A doença de Antunes*) é um médico renomado de sua cidade. "Para ter a felicidade de sofrer um exame de minutos do milagroso clínico, era preciso que se adquirisse a entrada, isto é, o cartão, com antecedência, às vezes de dias."

Em *A nova Califórnia*, nome dado ao bairro de Tubiacanga (localizado na Ilha do Governador), um visitante misterioso fixa residência. Raimundo Flamel veste-se e comporta-se de modo excêntrico. Seus conhecimentos em Química provocam os maiores transtornos na, até então, pacata comunidade, que concentra os tipos mais divertidos da sociedade carioca, tão conhecida por Lima Barreto.

Também há lugar para se discutir como o amor pode oscilar entre o comodismo e o deslumbramento material, em *Um e outro*. Nesse conto, uma mulher está dividida pela relação conveniente, assegurada por Freitas, e o romance tórrido, que vive com seu chofer. Uma súbita mudança pode acontecer, quando o amante passa a conduzir táxis.

Com frequência, o narrador-personagem emite juízos precisos sobre os modos postiços das pessoas, como se lê em *Uma noite no lírico*:

> Cá do alto, debruçado da grade, eu sorvia o vazio da sala com a volúpia de uma atração de abismo. As casas corretas, semeadas entre eles, tentavam-me, hipnotizavam-me. Decorava os movimentos, os gestos dos cavalheiros e procurava descobrir a harmonia oculta entre eles e os risos e os ademanes das damas.

Em *Como o "Homem" chegou*, Lima Barreto — que tinha diversas queixas das autoridades militares em nosso país, durante a conturbada e violenta República — destila redobrada carga de ironia, ao descrever o policiamento de uma cidade pequena, disputada por partidos de famílias rivais. Repare-se que seu narrador inicia o conto afirmando que "A polícia da república, como toda a gente sabe, é paternal e compassiva no tratamento das pessoas humildes que dela necessitam; e sempre, quer se trate de humildes, quer de poderosos, a velha instituição cumpre religiosamente a lei".

Pode-se afirmar que os narradores barretianos teriam sido contagiados por algumas preocupações de seu autor. Dentre os temas que mais incomodavam o escritor, destacava-se a falta de solidariedade, autenticidade e coerência entre os homens de seu tempo. Triplo aspecto que, segundo Lima Barreto, refletiria a mentalidade atrasada e o traço egoísta de determinados setores de nossa sociedade, que aceitavam sem maior exame os costumes e leis dos países em estágio socioeconômico e cultural supostamente mais avançado.

Não há dúvida de que o contato com os contos de Lima Barreto proporcionará um estranho divertimento aos seus leitores, pois ele descreveu sem piedade o tablado da sociedade fluminense no início do século passado. Sob este aspecto, a leitura pode revelar que o tom ligeiro e ameno de sua prosa mal esconde, antes evidencia, as limitações de uma sociedade constituída por imitadores da cultura estrangeira, que escalavam os degraus sem sutilezas, a qualquer preço.

Desta maneira, qualquer semelhança com determinados discursos e cenas, que continuamos a assistir em nosso tempo, pode ser uma evidência de que ainda há muito em que evoluirmos, especialmente em termos efetivamente humanos e que ultrapassem o nível da estereotipia, os preconceitos e as formas de exclusão.

OS MELHORES CONTOS

Numa e a ninfa

Na rua não havia quem não apontasse a união daquele casal. Ela não era muito alta, mas tinha uma fronte reta e dominadora, uns olhos de visada segura, rasgando a cabeça, o busto erguido, de forma a possuir não sei que ar de força, de domínio, de orgulho; ele era pequenino, sumido, tinha a barba rala, mas todos lhe conheciam o talento e a ilustração. Deputado há bem duas legislaturas, não fizera em começo grande figura; entretanto, surpreendendo todos, um belo dia fez um "brilhareto", um lindo discurso tão bom e sólido que toda a gente ficou admirada de sair de lábios que até então ali estiveram hermeticamente fechados.

Foi por ocasião do grande debate que provocou, na câmara, o projeto de formação de um novo Estado, com terras adquiridas por força de cláusulas de um recente tratado diplomático.

Penso que todos os contemporâneos ainda estão perfeitamente lembrados do fervor da questão e da forma por que a oposição e o governo se digladiaram em torno do projeto aparentemente inofensivo. Não convém, para abreviar, relembrar aspectos de uma questão tão dos nossos dias; basta que se recorde o aparecimento de Numa Pompílio de Castro, deputado pelo Estado de Sernambi, na tribuna da câmara, por esse tempo.

Esse Numa, que ficou, daí em diante, considerado parlamentar consumado e ilustrado, fora eleito deputado, graças à influência do seu sogro, o Senador Neves Cogominho, chefe da dinastia dos Cogominhos que, desde a fundação da república, desfrutava empregos, rendas, representações, tudo o que aquela mansa satrapia possuía de governamental e administrativo.

A história de Numa era simples. Filho de um pequeno empregado de um hospital militar do Norte, fizera-se, à custa de muito esforço, bacharel em direito. Não que houvesse nele um entranhado amor ao estudo ou às letras jurídicas. Não havia no pobre estudante nada de semelhante a isso. O estudo de tais coisas era-lhe um suplício cruciante; mas Numa queria ser bacharel, para ter cargos e proventos; e arranjou os exames de maneira mais econômica. Não abria livros; penso que nunca viu um que tivesse relação próxima ou remota com as disciplinas dos cinco anos de bacharelado. Decorava apostilas, cadernos, e, com esse saber mastigado, fazia exames e tirava distinções.

Uma vez, porém, saiu-se mal; e foi por isso que não recebeu a medalha e o prêmio de viagem. A questão foi com o arsênico, quando fazia prova oral de medicina legal. Tinha havido sucessivos erros de cópias nas apostilas, de modo que Numa dava como podendo ser encontradas na glândula tireoide dezessete gramas de arsênico, quando se tratam de dezessete centésimos de miligrama.

Não recebeu distinção e o rival passou-lhe a perna. O seu desgosto foi imenso. Ser formado já era alguma coisa, mas sem medalha era incompleto!

Formado em direito, tentou advogar, mas, nada conseguindo, veio ao Rio, agarrou-se à sobrecasaca de um figurão, que o fez promotor da justiça do tal Sernambi, para livrar-se dele.

Aos poucos, com aquele seu faro de adivinhar onde estava o vencedor — qualidade que lhe vinha da ausência total de emoção, de imaginação, de personalidade forte e orgulhosa —, Numa foi subindo.

Nas suas mãos, a justiça estava a serviço do governo; e, como juiz de direito, foi na comarca mais um ditador que um sereno apreciador de litígios.

Era ele juiz de Catimbau, a melhor comarca do Estado, depois da capital, quando Neves Cogominho foi substituir o tio na presidência de Sernambi.

Numa não queria fazer mediocremente uma carreira de justiça de roça. Sonhava a Câmara, a Cadeia Velha, a Rua do Ouvidor, com dinheiro nas algibeiras, roupas em alfaiates caros, passeio à Europa; e se lhe antolhou, como meio seguro de obter isso, aproximar-se do novo governador, captar-lhe a confiança e fazer-se deputado.

Os candidatos à chefatura de polícia eram muitos, mas ele, de tal modo agiu e ajeitou as coisas, que foi o escolhido.

O primeiro passo estava dado; o resto dependia dele. Veio a posse. Neves Cogominho trouxera a família para o Estado. Era uma satisfação que dava aos seus feudatários, pois havia mais de dez anos que lá não punha os pés.

Entre as pessoas da família, vinha a filha, a Gilberta, moça de pouco mais de vinte anos, cheia de prosápias de nobreza, que as irmãs de caridade de um colégio de Petrópolis lhe tinham metido na cabeça.

Numa viu logo que o caminho mais fácil para chegar a seu fim era casar-se com a filha do dono daquela "comarca" longínqua do desmedido império do Brasil.

Fez a corte, não deixava a moça, trazia-lhe mimos, encheu as tias (Cogominho era viúvo) de presentes; mas a moça parecia não atinar com os desejos daquele bacharelinho baço, pequenino, feio e tão roceiramente vestido. Ele não desanimou; e, por fim, a moça descobriu que aquele homenzinho estava mesmo apaixonado por ela. Em começo, o seu desprezo foi grande; achava até ser injúria que aquele tipo a olhasse; mas, vieram os aborrecimentos da vida da província, a sua falta de festas, o tédio daquela reclusão em palácio, aquela necessidade de namoro que há em toda a moça, e ela deu-lhe mais atenção.

Casaram-se, e Numa Pompílio de Castro foi logo eleito deputado pelo Estado de Sernambi.

Em começo, a vida de ambos não foi das mais perfeitas. Não que houvesse rusgas, mas o retraimento dela e a *gaucherie* dele toldavam a vida íntima de ambos.

No casarão de São Clemente, ele vivia só, calado a um canto; e Gilberta, afastada dele, mergulhada na leitura; e, não fosse um acontecimento político de certa importância, talvez a desarmonia viesse a ser completa.

Ela lhe havia descoberto a simulação do talento e o seu desgosto foi imenso porque contava com um verdadeiro sábio, para que o marido lhe desse realce na sociedade e no mundo. Ser mulher de deputado não lhe bastava; queria ser mulher de um deputado notável, que falasse, fizesse lindos discursos, fosse apontado nas ruas.

Já desanimava, quando, uma madrugada, ao chegar da manifestação do Senador Sofonias, naquele tempo o mais poderoso chefe da política nacional, quase chorando, Numa dirigiu-se à mulher:

— Minha filha, estou perdido!...
— Mas que há, Numa?
— Ele... O Sofonias...
— Que tem? Que há? Por quê?

A mulher sentia bem o desespero do marido e tentava soltar-lhe a língua. Numa, porém, estava alanceado e hesitava, vexado em confessar a verdadeira causa do seu desgosto. Mas Gilberta era tenaz; e de uns tempos para cá, dera em tratar com mais carinho o seu pobre marido.

Afinal, ele confessou quase em pranto:
— Ele quer que eu fale, Gilberta.
— Mas, você fala...
— É fácil dizer... Você não vê que não posso... Ando esquecido... Há tanto tempo... Na faculdade, ainda fiz um ou outro discurso; mas era lá, e eu decorava, depois pronunciava.
— Faz agora o mesmo...
— É... Sim... Mas, preciso ideias... Um estudo sobre o novo Estado! Qual!
— Estudando a questão, você terá ideias...

Ele parou um pouco, olhou a mulher demoradamente e lhe perguntou de sopetão:

— Você não sabe aí alguma coisa de história e geografia do Brasil?

Ela sorriu indefinidamente com os seus grandes olhos claros, apanhou com uma das mãos os cabelos que lhe caíram sobre a testa; e depois de ter estendido molemente o braço meio nu sobre a cama, onde a fora encontrar o marido, respondeu:

— Pouco... Aquilo que as irmãs ensinam; por exemplo: que o rio São Francisco nasce na serra da Canastra.

Sem olhar a mulher, bocejando, mas já um tanto aliviado, o legislador disse:

— Você deve ver se arranja algumas ideias e fazemos o discurso.

Gilberta pregou os seus grandes olhos na armação do cortinado, e ficou assim um bom pedaço de tempo, como a recordar-se. Quando o marido ia para o aposento próximo, despir-se, disse com vagar e doçura:

— Talvez.

Numa fez o discurso e foi um triunfo. Os representantes dos jornais, não esperando tão extraordinária revelação, denunciaram o seu entusiasmo e não lhe pouparam elogios. O José Vieira escreveu uma crônica; e a glória do representante de Sernambi encheu a cidade. Nos bondes, nos trens, nos cafés, era motivo de conversa o sucesso do deputado dos Cogominhos:

— Quem diria, hein? Vá a gente fiar-se em idiotas. Lá vem um dia que eles se saem. Não há homem burro — diziam —, a questão é querer...

E foi daí em diante que a união do casal começou a ser admirada nas ruas. Ao passarem os dois, os homens de altos pensamentos não podiam deixar de olhar agradecidos aquela moça que erguera do nada um talento humilde; e as meninas olhavam com inveja aquele casamento desigual e feliz.

Daí por diante, os sucessos de Numa continuaram. Não havia questão em debate na Câmara sobre a qual ele não falasse, não desse o seu parecer, sempre sólido, sempre brilhante, mantendo a coerência do partido, mas aproveitando ideias pessoais e vistas novas. Estava apontado para ministro e todos esperavam vê-lo na secretaria do Largo do Rossio, para que ele pusesse em prática as suas extraordinárias ideias sobre instrução e justiça.

Era tal o conceito de que gozava que a câmara não viu com bons olhos furtar-se, naquele dia, ao debate que ele mesmo provocara, dando um intempestivo aparte ao discurso do Deputado Cardoso Laranja, o formidável orador da oposição.

Os governistas esperavam que tomasse a palavra e logo esmagasse o adversário; mas não fez isso.

Pediu a palavra para o dia seguinte e o seu pretexto de moléstia não foi bem aceito.

Numa não perdeu tempo: tomou um tílburi, correu à mulher e deu-lhe parte da atrapalhação em que estava. Pela primeira vez, a mulher lhe pareceu com pouca disposição de fazer o discurso.

— Mas, Gilberta, se eu não o fizer amanhã, estou perdido!... E o ministério? Vai-se tudo por água abaixo... Um esforço... É pequeno... De manhã, eu decoro... Sim, Gilberta?

A moça pensou e, ao jeito da primeira vez, olhou o teto com os seus grandes olhos cheios de luz, como a lembrar-se, e disse:

— Faço; mas você precisa ir buscar já, já, dois ou três volumes sobre colonização... Trata-se dessa questão, e eu não sou forte. É preciso fingir que se tem leituras disso... Vá!

— E os nomes dos autores?

— Não é preciso... O caixeiro sabe... Vá!

Logo que o marido saiu, Gilberta redigiu um telegrama e mandou a criada transmiti-lo.

Numa voltou com os livros; marido e mulher jantaram em grande intimidade e não sem apreensões. Ao anoitecer, ela recolheu-se à biblioteca e ele ao quarto.

No começo, o parlamentar dormiu bem; mas bem cedo despertou e ficou surpreendido em não encontrar a mulher a seu lado. Teve remorsos. Pobre Gilberta! Trabalhar até àquela hora, para o nome dele, assim obscuramente! Que dedicação! E — coitadinha! — tão moça e ter que empregar o seu tempo em leituras árduas! Que boa mulher ele tinha! Não havia duas... Se não fosse ela... Ah! Onde estaria a sua cadeira? Nunca seria candidato a ministro... Vou fazer-lhe uma mesura, disse ele consigo. Acendeu a vela, calçou as chinelas e foi pé ante pé até ao compartimento que servia de biblioteca.

A porta estava fechada; ele quis bater, mas parou a meio. Vozes abafadas... Quem seria? Talvez a Idalina, a criada... Não, não era; era voz de homem. Diabo! Abaixou-se e olhou pelo buraco da fechadura. Quem era? Aquele tipo... Ah! Era o tal primo... Então, era ele, era aquele valdevinos, vagabundo, sem eira nem beira, poeta sem poesias, frequentador de chopes; então, era ele quem lhe fazia os discursos? Por que preço?

Olhou ainda mais um instante e viu que os dois acabavam de beijar-se. A vista se lhe turvou; quis arrombar a porta; mas logo lhe veio a ideia do escândalo e refletiu. Se o fizesse, vinha a coisa a público; todos saberiam do segredo da sua "inteligência" e adeus câmara, ministério e — quem sabe? — a presidência da República.

Que é que se jogava ali? A sua honra? Era pouco. O que se jogava ali eram a sua inteligência, a sua carreira; era tudo! Não, pensou ele de si para si, vou deitar-me.

No dia seguinte, teve mais um triunfo.

O ÚNICO ASSASSINATO DE CAZUZA

Hildegardo Brandão, conhecido familiarmente por Cazuza, tinha chegado aos seus cinquenta e poucos anos, desesperançado; mas não desesperado. Depois de violentas crises de desespero, rancor e despeito diante das injustiças que tinha sofrido em todas as coisas nobres que tentara na vida, viera-lhe uma beatitude de santo e uma calma grave de quem se prepara para a morte.

Tudo tentara e em tudo mais ou menos falhara. Tentara formar-se, foi reprovado; tentara o funcionalismo, foi sempre preterido por colegas inferiores em tudo a ele, mesmo no burocracismo; fizera literatura e se, de todo, não falhou, foi devido à audácia de que se revestiu, audácia de quem "queimou os seus navios". Assim mesmo, todas as picuinhas lhe eram feitas. Às vezes, julgavam-no inferior a certo outro porque não tinha pasta de marroquim; outras vezes tinham-no por inferior a determinado "antologista", porque semelhante autor havia, quando "encostado" ao Consulado do Brasil, em Paris, recebido como presente do rei do Sião uma bengala de legítimo junco-da-índia. Por essas e por outras, ele se aborreceu e resolveu retirar-se da liça. Com alguma renda, tendo uma pequena casa, em um subúrbio afastado, afundou-se nela, aos quarenta e cinco anos, para nunca mais ver o mundo, como o herói de Júlio Verne, no seu "Nautilus". Comprou os seus últimos livros e nunca mais apareceu na Rua do Ouvidor. Não se arrependeu nunca de sua independência e da sua honestidade intelectual.

Aos cinquenta e três anos, não tinha mais um parente próximo junto de si. Vivia, por assim dizer, só, tendo somente a seu lado um casal de pretos velhos, aos quais ele sustentava e dava, ainda por cima, algum dinheiro mensalmente.

A sua vida, nos dias de semana, decorria, assim: pela manhã, tomava café e ia até à venda, que supria a sua casa, lia os jornais, sem deixar de servir-se, com moderação, de alguns cálices de parati, de que infelizmente abusara na mocidade. Voltava para a casa, almoçava e lia os seus livros, porque acumulara uma pequena biblioteca de mais de mil volumes. Quando se cansava, dormia. Jantava e, se fazia bom tempo, passeava a esmo pelos arredores, tão alheio e soturno que não perturbava nem um namoro que viesse a topar.

Aos domingos, porém, esse seu viver se quebrava. Ele fazia uma visita, uma única e sempre a mesma. Era também a um desalentado amigo seu. Médico, de real capacidade, nunca o quiseram reconhecer porque ele escrevia "propositalmente" e não "propositadamente", "de súbito" e não "às súbitas" etc., etc.

Tinham sido colegas de preparatórios e, muito íntimos, dispensavam-se de usar confidências mútuas. Um entendia o outro, somente pelo olhar.

Aos domingos, como já foi dito, era costume de Hildegardo ir, logo pela manhã, após o café, à casa do amigo, que ficava próximo, ler lá os jornais e tomar parte no "ajantarado" da família.

Naquele domingo, o Cazuza, para os íntimos, foi fazer a visita habitual a seu amigo doutor Ponciano.

Este comprava certos jornais; e Hildegardo, outros. O médico sentava-se a uma cadeira de balanço; e o seu amigo numa dessas a que chamam de bordo ou de lona. De permeio, ficava-lhes a secretária. A sala era vasta, clara e toda ela adornada de quadros anatômicos. Liam e depois conversavam. Assim fizeram, naquele domingo.

Hildegardo disse, ao fim da leitura dos cotidianos:

— Não sei como se pode viver no interior do Brasil!

— Por quê?

— Mata-se à toa por dá cá aquela palha. As paixões, mesquinhas paixões políticas, exaltam os ânimos de tal modo, que uma facção não teme eliminar o adversário por meio do assassinato, às vezes o revestindo da forma mais cruel. O predomínio, a chefia da política local é o único fim visado nesses homicídios, quando não são questões de família, de herança, de terras e, às vezes, de causas menores. Não leio os jornais que não me apavore com tais notícias. Não é aqui, nem ali; é em todo o Brasil, mesmo às portas do Rio de Janeiro. É um horror! Além desses assassinatos, praticados por capangas — que nome horrível! —, há os praticados pelos policiais e semelhantes nas pessoas dos adversários dos governos locais, adversários ou tidos como adversários. Basta um boquejo, para chegar uma escolta, varejar fazendas, talar plantações, arrebanhar gado, encarcerar ou surrar gente que, pelo seu trabalho, devia merecer mais respeito. Penso, de mim para mim, ao ler tais notícias, que a fortuna dessa gente que está na câmara, no senado, nos ministérios, até na presidência da república se alicerça no crime, no assassinato. Que acha você?

— Aqui, a diferença não é tão grande para o interior nesse ponto. Já houve quem dissesse que, quem não mandou um mortal deste para o outro mundo, não faz carreira na política do Rio de Janeiro.

— É verdade; mas, aqui, ao menos, as naturezas delicadas se podem abster de política; mas, no interior, não. Vêm as relações, os pedidos e você se alista. A estreiteza do meio impõe isso, esse obséquio a um camarada, favor que parece insignificante. As coisas vão bem; mas, em um belo dia, esse camarada, por isso ou por aquilo, rompe com o seu antigo chefe. Você, por lealdade, o segue; e eis você arriscado a levar uma estocada em uma das virilhas ou a ser assassinado a pauladas como um cão danado. E eu quis ir viver no interior! De que me livrei, santo Deus!

— Eu já tinha dito a você que esse negócio de paz na vida da roça é história. Quando cliniquei, no interior, já havia observado esse prurido, essa ostentação de valentia de que os caipiras gostam de fazer e que, as mais das vezes, é causa de assassinatos estúpidos. Poderia contar a você muitos casos dessa ostentação de assassinato, que parte da gente da roça, mas não vale a pena. É coisa sem valia e só pode interessar a especialistas em estudos de criminologia.

— Penso — observou Hildegardo — que esse êxodo da população dos campos para as cidades pode ser em parte atribuído à falta de segurança que existe na roça. Um qualquer cabo de destacamento é um César naquelas paragens — que fará então um delegado ou subdelegado? É um horror!

Os dois calaram-se e, silenciosos, se puseram a fumar. Ambos pensavam em uma mesma coisa: encontrar remédio para um tão deplorável estado de coisas. Mal acabavam de fumar, Ponciano disse desalentado:

— E não há remédio.

Hildegardo secundou-o.

— Não acho nenhum.

Continuaram calados alguns instantes, Hildegardo leu ainda um jornal e, dirigindo-se ao amigo, disse:

— Deus não me castigue, mas eu temo mais matar do que morrer. Não posso compreender como esses políticos, que andam por aí, vivam satisfeitos, quando a estrada de sua ascensão é marcada por cruzes. Se porventura matasse, creia que eu, a que não tem deixado passar pela cabeça sonhos de Raskólnikoff, sentiria como ele: as minhas relações com a humanidade seriam de todo outras daí em diante. Não haveria castigo que me tirasse semelhante remorso da consciência, fosse de que modo fosse perpetrado o assassinato. Que acha você?

— Eu também; mas você sabe o que dizem esses políticos que sobem às alturas com dezenas de assassinatos nas costas?

— Não.

— Que todos nós matamos.

Hildegardo sorriu e fez para o amigo com toda a serenidade:

— Estou de acordo. Já matei também.

O médico espantou-se e exclamou:

— Você, Cazuza!

— Sim, eu! — confirmou Cazuza.

— Como? Se você ainda agora mesmo...

— Eu conto a coisa a você. Tinha eu sete anos e minha mãe ainda vivia. Você sabe que, a bem dizer, não conheci minha mãe!

— Sei.

— Só me lembro dela no caixão quando meu pai, chorando, me carregou para aspergir água benta sobre o seu cadáver. Durante toda a minha vida, fez-me muita falta. Talvez fosse menos rebelde, menos sombrio e desconfiado, mais contente com a vida, se ela vivesse. Deixando-me ainda na primeira infância, bem cedo firmou-se o meu caráter; mas, em contrapeso, bem cedo me vieram o desgosto de viver, o retraimento, por desconfiar de todos, a capacidade de ruminar mágoas sem comunicá-las a ninguém — o que é um alívio sempre; enfim, muito antes do que era natural, chegaram-me o tédio, o cansaço da vida e uma certa misantropia.

Notando o amigo que Cazuza dizia essas palavras com emoção muito forte e os olhos úmidos, cortou-lhe a confissão dolorosa com um apelo alegre:

— Vamos, Carleto; conta o assassinato que você perpetrou.

Hildegardo ou Cazuza conteve-se e começou a narrar:

— Eu tinha sete anos e minha mãe vivia. Morávamos em Paula Matos... Nunca mais subi a esse morro, depois da morte de minha mãe...

— Conte a história, homem! — fez impaciente o doutor Ponciano.

— A casa, na frente, não se erguia, em nada, da rua; mas, para o fundo, devido à diferença de nível, elevava-se um pouco, de modo que, para se ir ao quintal, a gente tinha que descer uma escada de madeira de quase duas dezenas de degraus. Um dia, descendo a escada, distraído, no momento em que punha o pé no chão do quintal, o meu pé descalço apanhou um pinto e eu o esmaguei. Subi espavorido a escada, chorando, soluçando e gritando: "Mamãe, mamãe! Matei, matei..." Os soluços me tomavam a fala e eu não podia acabar a frase. Minha mãe acudiu, perguntando: "O que é, meu filho? Quem é que você matou?" Afinal, pude dizer: "Matei um pinto, com o pé".

E contei como o caso se havia passado. Minha mãe riu-se, deu-me um pouco de água de flor e mandou-me sentar a um canto: "Cazuza, senta-te ali, à espera da polícia". E eu fiquei muito sossegado a um canto, estremecendo ao menor ruído que vinha da rua, pois esperava de fato a polícia. Foi esse o único assassinato que cometi. Penso que não é da natureza daqueles que nos erguem às altas posições políticas, porque, até hoje, eu...

Dona Margarida, mulher dr. Gutor Ponciano, veio interromper-lhes a conversa, avisando-os que o "ajantarado" estava na mesa.

Revista Sousa Cruz, Rio, fevereiro, 1922.

O homem que sabia javanês

Em uma confeitaria, certa vez, ao meu amigo Castro, contava eu as partidas que havia pregado às convicções e às respeitabilidades para poder viver.

Houve mesmo uma dada ocasião, quando estive em Manaus, em que fui obrigado a esconder a minha qualidade de bacharel para mais confiança obter dos clientes, que afluíam ao meu escritório de feiticeiro e adivinho. Contava eu isso.

O meu amigo ouvia-me calado, embevecido, gostando daquele meu Gil Blas vivido, até que, em uma pausa da conversa, ao esgotarmos os copos, observou a esmo:

— Tens levado uma vida bem engraçada, Castelo!

— Só assim se pode viver... Isto de uma ocupação única: sair de casa a certas horas, voltar a outras, aborrece, não achas? Não sei como me tenho aguentado lá, no consulado!

— Cansa-se; mas, não é disso que me admiro. O que me admira é que tenhas corrido tantas aventuras aqui, neste Brasil imbecil e burocrático!

— Qual! Aqui mesmo, meu caro Castro, se podem arranjar belas páginas de vida. Imagina tu que eu já fui professor de javanês!

— Quando? Aqui, depois que voltaste do consulado?

— Não; antes. E, por sinal, fui nomeado cônsul por isso.

— Conta lá como foi. Bebes mais cerveja?

— Bebo.

Mandamos buscar mais outra garrafa, enchemos os copos, e continuei:

— Eu tinha chegado havia pouco ao Rio e estava literalmente na miséria. Vivia fugindo de casa de pensão em casa de pensão, sem saber onde e como ganhar dinheiro, quando li no *Jornal do Commercio* o anúncio seguinte:

"Precisa-se de um professor de língua javanesa. Cartas etc."

Ora, disse cá comigo, está ali uma colocação que não terá muitos concorrentes; se eu capiscasse quatro palavras, ia apresentar-me. Saí do café e andei pelas ruas, sempre a imaginar-me professor de javanês, ganhando dinheiro, andando de bonde e sem encontros desagradáveis com os "cadáveres". Insensivelmente, dirigi-me à Biblioteca Nacional. Não sabia bem que livro iria pedir; mas entrei, entreguei o chapéu ao porteiro, recebi a senha e subi. Na escada, acudiu-me pedir a *Grande Encyclopédie,* letra J, a fim de consultar o artigo relativo à Java e à língua javanesa. Dito e feito. Fiquei sabendo, ao fim de alguns minutos, que Java era uma grande ilha do arquipélago de Sonda, colônia holandesa, e o javanês, língua aglutinante do grupo malaio-polinésio, possuía uma literatura digna de nota e escrita em caracteres derivados do velho alfabeto hindu.

A *Enciclopédia* dava-me indicação de trabalhos sobre a tal língua malaia e não tive dúvidas em consultar um deles. Copiei o alfabeto, a sua pronunciação figurada e saí. Andei pelas ruas, perambulando e mastigando letras.

Na minha cabeça dançavam hieróglifos; de quando em quando consultava as minhas notas; entrava nos jardins e escrevia estes calungas na areia para guardá-los bem na memória e habituar a mão a escrevê-los.

À noite, quando pude entrar em casa sem ser visto, para evitar indiscretas perguntas do encarregado, ainda continuei no quarto a engolir o meu "a-b-c" malaio e, com tanto afinco, levei o propósito que, de manhã, o sabia perfeitamente.

Convenci-me de que aquela era a língua mais fácil do mundo e saí; mas não tão cedo que não me encontrasse com o encarregado dos aluguéis dos cômodos:

— Senhor Castelo, quando salda a sua conta?

Respondi-lhe então eu, com a mais encantadora esperança:

— Breve... Espere um pouco... Tenha paciência... Vou ser nomeado professor de javanês, e...

Por aí o homem interrompeu-me:

— Que diabo vem a ser isso, senhor Castelo?
Gostei da diversão e ataquei o patriotismo do homem:
— É uma língua que se fala lá pelas bandas do Timor. Sabe onde é?
Oh! Alma ingênua! O homem esqueceu-se da minha dívida e disse-me com aquele falar forte dos portugueses:
— Eu, cá por mim, não sei bem; mas ouvi dizer que são umas terras que temos lá para os lados de Macau. E o senhor sabe isso, senhor Castelo?

Animado com esta saída feliz que me deu o javanês, voltei a procurar o anúncio. Lá estava ele. Resolvi animosamente propor-me ao professorado do idioma oceânico. Redigi a resposta, passei pelo *Jornal* e lá deixei a carta. Em seguida, voltei à biblioteca e continuei os meus estudos de javanês. Não fiz grandes progressos nesse dia, não sei se por julgar o alfabeto javanês o único saber necessário a um professor de língua malaia ou se por ter me empenhado mais na bibliografia e história literária do idioma que ia ensinar.

Ao cabo de dois dias, recebia eu uma carta para ir falar ao Doutor Manuel Feliciano Soares Albernaz, Barão de Jacuecanga, à rua Conde de Bonfim, não me recordo bem que número. É preciso não te esqueceres de que entrementes continuei estudando o meu malaio, isto é, o tal javanês. Além do alfabeto, fiquei sabendo o nome de alguns autores, também perguntar e responder — "como está o senhor?" — e duas ou três regras de gramática, lastrado todo esse saber com vinte palavras do léxico.

Não imaginas as grandes dificuldades com que lutei para arranjar os quatrocentos réis da viagem! É mais fácil — podes ficar certo — aprender o javanês... Fui a pé. Cheguei suadíssimo; e, com maternal carinho, as anosas mangueiras, que se perfilavam em alameda diante da casa do titular, me receberam, me acolheram e me reconfortaram. Em toda a minha vida, foi o único momento em que cheguei a sentir a simpatia da natureza...

Era uma casa enorme que parecia estar deserta; estava maltratada, mas não sei porque me veio pensar que nesse mau tratamento havia mais desleixo e cansaço de viver que mesmo pobreza. Devia haver anos que não era pintada. As paredes descascavam e os beirais do telhado, daquelas telhas vidradas de outros tempos, estavam desguarnecidos aqui e ali, como dentaduras decadentes ou mal-cuidadas.

Olhei um pouco o jardim e vi a pujança vingativa com que a tiririca e o carrapicho tinham expulsado os tinhorões e as begônias. Os crótons continuavam, porém, a viver com a sua folhagem de cores mortiças. Bati. Custaram-me a abrir. Veio, por fim, um antigo preto africano, cujas barbas e cabelo de algodão davam à sua fisionomia uma aguda impressão de velhice, doçura e sofrimento.

Na sala, havia uma galeria de retratos: arrogantes senhores de barba em colar se perfilavam enquadrados em imensas molduras douradas, e doces perfis de senhoras, em bandós, com grandes leques, pareciam querer subir aos ares, enfunadas pelos redondos vestidos à balão; mas, daquelas velhas coisas, sobre as quais a poeira punha mais antiguidade e respeito, a que gostei mais de ver foi um belo jarrão de porcelana da China ou da Índia, como se diz. Aquela pureza da louça, a sua fragilidade, a ingenuidade do desenho e aquele seu fosco brilho de luar diziam-me a mim que aquele objeto tinha sido feito por mãos de criança, a sonhar, para encanto dos olhos fatigados dos velhos desiludidos...

Esperei um instante o dono da casa. Tardou um pouco. Um tanto trôpego, com o lenço de alcobaça na mão, tomando veneravelmente o simonte de antanho, foi cheio de respeito que o vi chegar. Tive vontade de ir-me embora. Mesmo se não fosse ele o discípulo, era sempre um crime mistificar aquele ancião, cuja velhice trazia à tona do meu pensamento alguma coisa de augusto, de sagrado. Hesitei, mas fiquei.

— Eu sou, avancei, o professor de javanês, que o senhor disse precisar.

— Sente-se, respondeu-me o velho. O senhor é daqui, do Rio?

— Não, sou de Canavieiras.

— Como? — fez ele. Fale um pouco alto, que sou surdo.

— Sou de Canavieiras, na Bahia, insisti eu.

— Onde fez os seus estudos?

— Em São Salvador.

— E onde aprendeu o javanês? — indagou ele, com aquela teimosia peculiar aos velhos.

Não contava com essa pergunta, mas imediatamente arquitetei uma mentira. Contei-lhe que meu pai era javanês. Tripulante de um navio mercante, viera ter à Bahia, estabelecera-se nas proximidades de Canavieiras como pescador, casara, prosperara e fora com ele que aprendi javanês.

— E ele acreditou? E o físico? — perguntou meu amigo, que até então me ouvira calado.

— Não sou, objetei, lá muito diferente de um javanês. Estes meus cabelos corridos, duros e grossos e a minha pele *basanê* podem dar-me muito bem o aspecto de um mestiço de malaio... Tu sabes bem que, entre nós, há de tudo: índios, malaios, taitianos, malgaxes, guanches, até godos. É uma comparsaria de raças e tipos de fazer inveja ao mundo inteiro.

— Bem, fez o meu amigo, continua.

— O velho, emendei eu, ouviu-me atentamente, considerou demoradamente o meu físico, pareceu que me julgava de fato filho de malaio e perguntou-me com doçura:

— Então está disposto a ensinar-me javanês?

A resposta saiu-me sem querer:

— Pois não.

— O senhor há de ficar admirado, aduziu o barão de Jacuecanga, que eu, nesta idade, ainda queira aprender qualquer coisa, mas...

— Não tenho que admirar. Têm-se visto exemplos e exemplos muito fecundos...

— O que eu quero, meu caro senhor...?

— Castelo, adiantei eu.

— O que eu quero, meu caro Senhor Castelo, é cumprir um juramento de família. Não sei se o senhor sabe que eu sou neto do conselheiro Albernaz, aquele que acompanhou Pedro I, quando abdicou. Voltando de Londres, trouxe para aqui um livro em língua esquisita, a que tinha grande estimação. Fora um hindu ou siamês que lho dera, em Londres, em agradecimento a não sei que serviço prestado por meu avô. Ao morrer meu avô, chamou meu pai e disse: "Filho, tenho este livro aqui, escrito em javanês. Disse-me quem mo deu que ele evita desgraças e traz felicidades para quem o tem. Eu não sei nada ao certo. Em todo o caso, guarda-o; mas, se queres que o fado que me deitou o sábio oriental se cumpra, faze com que teu filho o entenda, para que sempre a nossa raça seja feliz". Meu pai, continuou o velho barão, não acreditou muito na estória; contudo, guardou o livro. Às portas da morte, ele mo deu e disse-me o que prometera ao pai. Em começo, pouco caso fiz da estória do livro. Deitei-o a um canto e fabriquei minha vida. Cheguei até a esquecer-me dele; mas, de uns tempos a esta parte, tenho passado por tanto desgosto, tantas desgraças têm caído sobre a minha velhice que me lembrei do talismã da família. Tenho que o ler, que o compreender, e não quero que os meus últimos dias anunciem o desastre da minha posteridade; e, para entendê-lo, é claro que preciso entender o javanês. Eis aí.

Calou-se e notei que os olhos do velho se tinham orvalhado. Enxugou discretamente os olhos e perguntou-me se queria ver o tal livro. Respondi-lhe que sim. Chamou o criado, deu-lhe as instruções e explicou-me que perdera todos os filhos, sobrinhos, só lhe restando uma filha casada, cuja prole, porém, estava reduzida a um filho, débil de corpo e de saúde frágil e oscilante.

Veio o livro. Era um velho calhamaço, um *in-quarto* antigo, encadernado em couro, impresso em grandes letras, em um papel amarelado e grosso. Faltava a folha do rosto e por isso não se podia ler a data da impressão. Tinha ainda umas páginas de prefácio, escritas em inglês, onde li que se tratava das estórias do príncipe Kulanga, escritor javanês de muito mérito.

Logo informei disso o velho barão que, não percebendo que eu tinha chegado aí pelo inglês, ficou tendo em alta consideração o meu saber malaio. Estive ainda folheando o cartapácio, à laia de quem sabe magistralmente aquela espécie de vasconço, até que afinal contratamos as condições de preço e de hora, comprometendo-me a fazer com que ele lesse o tal alfarrábio antes de um ano.

Dentro em pouco, dava a minha primeira lição, mas o velho não foi tão diligente quanto eu. Não conseguia aprender a distinguir e a escrever nem sequer quatro letras. Enfim, com metade do alfabeto levamos um mês e o senhor Barão de Jacuecanga não ficou lá muito senhor da matéria: aprendia e desaprendia.

A filha e o genro (penso que até aí nada sabiam da estória do livro) vieram a ter notícias do estudo do velho; não se incomodaram. Acharam graça e julgaram a coisa boa para distraí-lo.

Mas com o que tu vais ficar assombrado, meu caro Castro, é com a admiração que o genro ficou tendo pelo professor de javanês. Que coisa única! Ele não se cansava de repetir: "É um assombro! Tão moço! Se eu soubesse isso, ah! onde estava!"

O marido de dona Maria da Glória (assim se chamava a filha do barão) era desembargador, homem relacionado e poderoso; mas não se pejava em mostrar diante de todo o mundo a sua admiração pelo meu javanês. Por outro lado, o barão estava contentíssimo. Ao fim de dois meses, desistira da aprendizagem e pedira-me que lhe traduzisse, um dia sim outro não, um trecho do livro encantado. Bastava entendê-lo, disse-me ele; nada se opunha que outrem o traduzisse e ele ouvisse. Assim evitava a fadiga do estudo e cumpria o encargo.

Sabes bem que até hoje nada sei de javanês, mas compus umas estórias bem tolas e impingi-as ao velhote como sendo do crônicon. Como ele ouvia aquelas bobagens!...

Ficava estático, como se estivesse a ouvir palavras de um anjo. E eu crescia aos seus olhos!

Fez-me morar em sua casa, enchia-me de presentes, aumentava-me o ordenado. Passava, enfim, uma vida regalada.

Contribuiu muito para isso o fato de vir ele a receber uma herança de um seu parente esquecido, que vivia em Portugal. O bom velho atribuiu a coisa ao meu javanês; e eu estive quase a crê-lo também.

Fui perdendo os remorsos; mas, em todo o caso, sempre tive medo que me aparecesse pela frente alguém que soubesse o tal patuá malaio. E esse meu temor foi grande, quando o doce barão me mandou com uma carta ao visconde de Caruru, para que me fizesse entrar na diplomacia. Fiz-lhe todas as objeções: a minha fealdade, a falta de elegância, o meu aspecto tagalo. — "Qual! retrucava ele. Vá, menino; você sabe javanês!" Fui. Mandou-me o visconde para a Secretaria dos Estrangeiros com diversas recomendações. Foi um sucesso.

O diretor chamou os chefes de seção: "Vejam só, um homem que sabe javanês — que portento!"

Os chefes de seção levaram-me aos oficiais e amanuenses, e houve um destes que me olhou mais com ódio do que com inveja ou admiração. E todos diziam: "Então, sabe javanês? É difícil? Não há quem o saiba aqui!".

O tal amanuense, que me olhou com ódio; acudiu então: "É verdade, mas eu sei canaque. O senhor sabe?". Disse-lhe que não e fui à presença do ministro.

A alta autoridade levantou-se, pôs as mãos às cadeiras, concertou o *pince-nez* no nariz e perguntou: "Então, sabe javanês?" Respondi-lhe que sim; e, à sua pergunta onde o tinha aprendido, contei-lhe a estória do tal pai javanês. "Bem, disse-me o ministro, o senhor não deve ir para a diplomacia; o seu físico não se presta... O bom seria um consulado na Ásia ou Oceania. Por ora, não há vaga, mas vou fazer uma reforma e o senhor entrará. De hoje em diante, porém, fica adido ao meu ministério e quero que, para o ano, parta para Bâle, onde vai representar o Brasil no Congresso de Linguística. Estude, leia o Hovelacque, o Max Müller, e outros!"

Imagina tudo que eu até aí nada sabia de javanês, mas estava empregado e iria representar o Brasil em um congresso de sábios.

O velho barão veio a morrer, passou o livro ao genro para que o fizesse chegar ao neto, quando tivesse a idade conveniente e fez-me uma deixa no testamento.

Pus-me com afã no estudo das línguas malaio-polinésicas; mas não havia meio!

Bem-jantado, bem-vestido, bem-dormido, não tinha energia necessária para fazer entrar na cachola aquelas coisas esquisitas. Comprei livros, assinei revistas: *Revue Anthropologique et Linguistique, Proceedings of the English-Oceanic Association, Archivo Glottologico Italiano*, o diabo, mas nada! E a minha fama crescia. Na rua, os informados apontavam-me, dizendo aos outros: "Lá vai o sujeito que sabe javanês". Nas livrarias, os gramáticos consultavam-me sobre a colocação dos pronomes no tal jargão das ilhas de Sonda. Recebia cartas dos eruditos do interior, os jornais citavam o meu saber e recusei aceitar uma turma de alunos sequiosos de entenderem o tal javanês. A convite da redação, escrevi, no *Jornal do Commercio*, um artigo de quatro colunas sobre a literatura javanesa antiga e moderna...

— Como, se tu nada sabias? Interrompeu-me o atento Castro.

— Muito simplesmente: primeiramente, descrevi a ilha de Java, com o auxílio de dicionários e umas poucas publicações de geografias, e depois citei a mais não poder.

— E nunca duvidaram? perguntou-me ainda o meu amigo.

— Nunca. Isto é, uma vez quase fico perdido. A polícia prendeu um sujeito, um marujo, um tipo bronzeado que só falava uma língua esquisita. Chamaram diversos intérpretes, ninguém o entendia. Fui também chamado, com todos os respeitos que a minha sabedoria merecia, naturalmente. Demorei-me em ir, mas fui afinal. O homem já estava solto, graças à intervenção do cônsul holandês, a quem ele se fez compreender com meia dúzia de palavras holandesas. E o tal marujo era javanês — uf!

Chegou, enfim, a época do congresso, e lá fui para a Europa: Que delícia! Assisti à inauguração e às sessões preparatórias. Inscreveram-me na seção do tupi-guarani e eu abalei para Paris. Antes, porém, fiz publicar no *Mensageiro de Bâle* o meu retrato, notas biográficas e bibliográficas. Quando voltei, o presidente pediu-me desculpas por me ter dado aquela seção; não conhecia os meus trabalhos e julgara que, por ser eu americano brasileiro, me estava naturalmente indicada a seção do tupi-guarani. Aceitei as explicações e até hoje ainda não pude escrever as minhas obras sobre o javanês, para lhe mandar, conforme prometi.

Acabado o congresso, fiz publicar extratos do artigo do *Mensageiro de Bâle* em Berlim, em Turim e Paris, onde os leitores de minhas obras me ofereceram um banquete, presidido pelo senador Gorot. Custou-me toda essa brincadeira, inclusive o banquete que me foi oferecido, cerca de dez mil francos, quase toda a herança do crédulo e bom barão de Jacuecanga.

Não perdi meu tempo nem meu dinheiro. Passei a ser uma glória nacional e, ao saltar no cais Pharoux, recebi uma ovação de todas as classes sociais e o presidente da República, dias depois, convidava-me para almoçar em sua companhia.

Dentro de seis meses fui despachado cônsul em Havana, onde estive seis anos e para onde voltarei, a fim de aperfeiçoar os meus estudos das línguas da Malaia, Melanésia e Polinésia.
— É fantástico, observou Castro, agarrando o copo de cerveja.
— Olha, se não fosse estar contente, sabes que ia ser?
— Que?
— Bacteriologista eminente. Vamos?
— Vamos.

Gazeta da Tarde, Rio, 20-4-1911.

O JORNALISTA

A cidade de Sant'Ana dos Pescadores fora em tempos idos uma cidadezinha próspera. Situada entre o mar e a montanha que escondia vastas vargens férteis, e muito próximo do Rio, os fazendeiros das planuras transmontanas preferiam enviar os produtos de suas lavouras através de uma garganta, transformada em estrada, para, por mar, trazê-los ao grande empório da Corte. O contrário faziam com as compras que aí faziam. Dessa forma erguida à condição de uma espécie de entreposto de uma zona até bem pouco fértil e rica, ela cresceu e tomou ares galhardos de cidade de importância. As suas festas de igreja eram grandiosas e atraíam fazendeiros e suas famílias, alguns tendo mesmo casas de recreio apalaçadas nela. O seu comércio era, por isso, rico com o dinheiro que os tropeiros lhe deixavam. Veio, porém, a estrada de ferro e a sua decadência foi rápida. O transporte das mercadorias de "serra-acima" se desviou dela e os seus sobrados deram em descascar como velhas árvores que vão morrer. Os mercadores ricos a abandonaram e os galpões de tropa desabaram. Entretanto, o sítio era aprazível, com as suas curtas praias alvas que foram separadas por desabamentos de grandes moles de granito da montanha verdejante do fundo do vilarejo, formando aglomerações de grossos pedregulhos.

A gente pobre, após a sua morte, deu em viver de pescarias, pois o mar aí era rumoroso e abundante de pescado de bom quilate.

Tripulando grandes canoas de voga, os seus pescadores traziam o produto de sua humilde indústria, vencendo mil dificuldades, até Sepetiba e, daí, à Santa Cruz, onde ele era embarcado em trem de ferro até ao Rio de Janeiro.

Os ricos de lá, além dos fabricantes de cal de marisco, eram os taverneiros que, nessas vendas, como se sabe, vendem tudo, mesmo casimiras e arreios, e são os banqueiros. Lavradores não havia e até frutas iam do Rio de Janeiro.

As pessoas importantes eram o juiz de direito, o promotor, o escrivão, os professores públicos, o presidente da Câmara e o respectivo secretário. Este, porém, o Salomão Nabor de Azevedo, descendente dos antigos Nabores de Azevedo de "serra-acima" e dos Breves, ricos fazendeiros, era o mais. Era o mais porque, além disto, se fizera o jornalista popular do lugar.

A ideia não fora dele, a de fundar — *O Arauto*, órgão dos interesses da cidade de Sant'Ana dos Pescadores; fora do promotor. Este veio a perder o jornal, de um modo curioso. O dr. Fagundes, o tal de promotor, começou a fazer oposição ao dr. Castro, advogado no lugar e, no tempo, presidente da Câmara. Nabor não via com bons olhos aquele e, certo dia, foi ao jornal e retirou o artigo do promotor e escreveu um descabelado de elogios ao dr. Castro, porque ele tinha suas luzes, como veremos. Resultado: Nabor, o nobre Nabor, foi nomeado secretário da Câmara e o promotor perdeu a importância de melhor jornalista local, que coube, daí por diante e para sempre, a Nabor. Como já disse, este Nabor recebera luzes num colégio de padres de Vassouras ou Valença, quando os pais eram ricos. O seu saber não era lá grande; não passava de gramaticazinha portuguesa, das quatro operações e umas citações históricas que aprendera com Fagundes Varela, quando este foi hóspede de seus pais, em cuja fazenda chegara, certa vez, de tarde, em uma formidável carraspana e em trajes de tropeiro, calçado de tamancos.

O poeta gostara dele e lhe dera algumas noções de letras. Lera o Macedo e os poetas do tempo, daí o seu pendor para coisas de letras e de jornalismo.

Herdou alguma coisa do pai, vendera a fazenda e viera morar em Sant'Ana, onde tinha uma casa, também pela mesma herança. Casou aí com uma moça de alguma pecúnia e vivia a fazer política e a ler os jornais da Corte, que assinava. Deixou os romances e apaixonou-se por José do Patrocínio, Ferreira de Meneses, Joaquim Serra e outros jornalistas dos tempos calorosos da Abolição. Era abolicionista porque... os seus escravos ele os tinha vendido com a fazenda que herdara; e os poucos que tinha em casa, dizia que não os libertava, por serem da mulher.

O seu abolicionismo, com a Lei de 13 de Maio, veio dar, naturalmente, algum prejuízo à esposa...

Enfim, após a República e a Abolição, foi várias vezes subdelegado e vereador de Sant'Ana. Era isto, quando o promotor Fagundes lembrou-lhe a ideia de fundar um jornal na cidade. Conhecia aquele a mania do último, por jornais, e a resposta confirmou a sua esperança:

— Boa ideia, "Seu" Fagundes! A "estrela do Abraão" (assim era chamada Sant'Ana) não ter um jornal! Uma cidade como esta, pátria de tantas glórias, de tão honrosas tradições, sem essa alavanca do progresso que é a imprensa, esse fanal que guia a humanidade — não é possível!

— O diabo, o diabo... fez Fagundes.

— Por que o diabo, Fagundes?

— E o capital?

— Entro com ele.

O trato foi feito e Nabor, descendente dos Nabores de Azevedo e dos famigerados Breves, entrou com o cobre; e Fagundes ficou com a direção intelectual do jornal. Fagundes era mais burro e, talvez, mais ignorante do que Nabor; mas este deixava-lhe a direção ostensiva porque era bacharel. *O Arauto* era semanal e saía sempre com um artiguete laudatório do diretor, à guisa de artigo de fundo, umas composições líricas, em prosa, de Nabor, aniversários, uns mofinos anúncios e os editais da Câmara Municipal. Às vezes, publicava certas composições poéticas do professor público. Eram sonetos bem quebrados e bem estúpidos, mas que eram anunciados como "trabalhos de um puro parnasiano que é esse Sebastião Barbosa, exímio educador e glória da nossa terra e da nossa raça".

Às vezes, Nabor, o tal dos Nabores de Azevedo e dos Breves, honrados fabricantes de escravos, cortava alguma coisa de valia dos jornais do Rio e o jornaleco ficava literalmente esmagado ou inundado.

Dentro do jornal, reinava uma grande rivalidade latente entre o promotor e Nabor. Cada qual se julgava mais inteligente por decalcar ou pastichar melhor um autor em voga.

A mania de Nabor, na sua qualidade de profissional e jornalista moderno, era fazer de *O Arauto* um jornal de escândalo, de altas reportagens sensacionais, de *enquetes* com notáveis personagens da localidade, enfim, um jornal moderno; a de Fagundes era a de fazê-lo um cotidiano doutrinário, sem demasias, sem escândalos — um *Jornal do Commercio* de Sant'Ana dos Pescadores, a "Princesa" de "O Seio de Abraão", a mais formosa enseada do Estado do Rio.

Certa vez, aquele ocupou três colunas do grande órgão (e achou pouco) com a narração do naufrágio da canoa de pescaria — "Nossa Senhora do Ó", na praia da Mabombeba. Não morrera um só tripulante.

Fagundes censurou-lhe:

— Você está gastando papel à-toa!

Nabor retrucou-lhe:

— É assim que se procede no Rio com os naufrágios sensacionais. Demais, quantas colunas você gastou com o artigo sobre o direito de cavar "tariobas" nas praias.

— É uma questão de marinhas e acrescidos; é uma questão de direito.

Assim, viviam aparentemente em paz, mas, no fundo, em guerra surda.

Com o correr dos tempos, a rivalidade chegou ao auge e Nabor fez o que fez com Fagundes. Reclamou este e o descendente dos Breves respondeu-lhe:

— Os tipos são meus; a máquina é minha; portanto, o jornal é meu.

Fagundes consultou os seus manuais e concluiu que não tinha direito à sociedade do jornal, pois não havia instrumento de direito bastante hábil para prová-la em juízo; mas, de acordo com a lei e vários jurisconsultos notáveis, podia reclamar o seu direito aos honorários de redator-chefe, à razão de 1:800$000. Ele o havia sido quinze anos e quatro meses; tinha, portanto, direito a receber 324 contos, juros de mora e custas.

Quis propor a causa, mas viu que a taxa judicial ia muito além das suas posses. Abandonou o propósito; e Nabor, o tal dos Azevedo e dos Breves, um dos quais recebera a visita do imperador, numa das suas fazendas, na da Grama, ficou único dono do jornal.

Dono do grande órgão, tratou de modificar-lhe o feitio carranca que lhe imprimira o pastrana do Fagundes. Fez inquéritos com o sacristão da irmandade; atacou os abusos das autoridades da

Capitania do Porto; propôs, a exemplo de Paris etc., o estabelecimento do exame das amas-de-leite etc., etc. Mas, nada disso deu retumbância a seu jornal. Certo dia, lendo a notícia de um grande incêndio no Rio, acudiu-lhe a ideia de que se houvesse um em Sant'Ana, podia publicar uma notícia de "escacha", no seu jornal, e esmagar o rival — *O Baluarte* — que era dirigido pelo promotor Fagundes, o antigo companheiro e inimigo. Como havia de ser? Ali, não havia incêndios, nem mesmo casuais. Esta palavra abriu-lhe um clarão na cabeça e completou-lhe a ideia.

Resolveu pagar a alguém que atacasse fogo no palacete do dr. Gaspar, seu protetor, o melhor prédio da cidade. Mas, quem seria, se tentasse pagar a alguém? Mas... esse alguém se fosse descoberto denunciá-lo-ia, por certo. Não valia a pena... Uma ideia! Ele mesmo poria fogo no sábado, na véspera de sair o seu hebdomadário — *O Arauto.* Antes escreveria a longa notícia com todos os "ff" e "rr". Dito e feito. O palácio pegou fogo inteirinho no sábado, alta noite; e de manhã, a notícia saía bem-feitinha. Fagundes, que já era Juiz Municipal, logo viu a criminalidade de Nabor. Arranjou-lhe uma denúncia-processo e o grande jornalista Salomão Nabor de Azevedo, descendente dos Azevedos, do Rio Claro, e dos Breves, reis da escravatura, foi parar na cadeia, pela sua estupidez e vaidade.

Revista Sousa Cruz, Rio, julho, 1921.

Um músico extraordinário

Quando andávamos juntos no colégio, Ezequiel era um franzino menino de quatorze ou quinze anos, triste, retraído, a quem os folguedos colegiais não atraíam. Não era visto nunca jogando "barra, carniça, quadrado, peteca", ou qualquer outro jogo dentre aqueles velhos brinquedos de internato que hoje não se usam mais. O seu grande prazer era a leitura e, dos livros, os que mais gostava eram os de Júlio Verne. Quando todos nós líamos José de Alencar, Macedo, Aluísio e, sobretudo, o infame Alfredo Gallis, ele lia a *Ilha Misteriosa*, o *Heitor Servadac*, as *Cinco Semanas em um Balão* e, com mais afinco, as *Vinte Mil Léguas Submarinas*.

Dir-se-ia que a sua alma ansiava por estar só com ela mesma, mergulhada, como o Capitão Nemo do romance vernesco, no seio do mais misterioso dos elementos da nossa misteriosa Terra.

Nenhum colega o entendia, mas todos o estimavam, porque era bom, tímido e generoso. E porque ninguém o entendesse, nem as suas leituras, ele vivia consigo mesmo; e, quando não estudava as lições de que dava boas contas, lia seu autor predileto.

Quem poderia pôr na cabeça daquelas crianças fúteis pela idade e cheias de anseios de carne para a puberdade exigente o sonho que o célebre autor francês instila nos cérebros dos meninos que se apaixonam por ele, e o bálsamo que os seus livros dão aos delicados que prematuramente adivinham a injustiça e a brutalidade da vida?

O que faz o encanto da meninice não é que essa idade seja melhor ou pior que as outras. O que a faz encantadora e boa é que, durante esse período da existência, nossa capacidade de sonho é maior e mais força temos em identificar os nossos sonhos com a nossa vida. Penso, hoje, que o meu colega Ezequiel tinha sempre no bolso um canivete, no pressuposto de, se viesse a cair em uma ilha deserta, possuir à mão aquele instrumento indispensável para o imediato arranjo de sua vida; e aquele meu outro colega Sanches andava sempre com uma nota de dez tostões, para, no caso de arranjar a "sua" namorada, ter logo em seu alcance o dinheiro com que lhe comprasse um ramilhete.

Era, porém, falar ao Ezequiel em *Heitor Servadac,* e logo ele se punha entusiasmado e contava toda a novela do mestre de Nantes. Quando acabava, tentava então outra; mas os colegas fugiam um a um, deixavam-no só com o seu Júlio Verne, para irem fumar um cigarro às escondidas.

Então, ele procurava o mais afastado dos bancos do recreio, e deixava-se ficar lá, só, imaginando, talvez, futuras viagens que havia de fazer, para repassar as aventuras de Roberto Grant, de Hatteras, de Passepartout; de Keraban, de Miguel Strogoff, de Cesar Cascavel, de Phileas Fogg e mesmo daquele curioso doutor Lindenbrock, que entra pela cratera extinta de Sueffels, na desolada Islândia, e vem à superfície da Terra, em um ascensor de lavas, que o Estrômboli vomita nas terras risonhas que o Mediterrâneo afaga...

Saímos do internato quase ao mesmo tempo e, durante algum, ainda nos vimos; mas, bem depressa, perdemo-nos de vista.

Passaram-se anos e eu já o havia de todo esquecido, quando, no ano passado, vim a encontrá-lo em circunstâncias bem singulares.

Foi em um domingo. Tomei um bonde da Jardim, aí, na avenida, para visitar um amigo e, com ele, jantar em família. Ia ler-me um poema; ele era engenheiro hidráulico.

Como todo o sujeito que é rico ou se supõe ou quer passar como tal, o meu amigo morava para as bandas de Botafogo.

Ia satisfeito, pois de há muito não me perdia por aquelas bandas da cidade e me aborrecia com a monotonia dos meus dias, vendo as mesmas paisagens e olhando sempre as mesmas fisionomias. Fugiria, assim, por algumas horas, à fadiga visual de contemplar as montanhas desnudadas que marginam à Central, da estação inicial até Cascadura. Morava eu nos subúrbios. Fui visitar, portanto, o meu amigo, naquele Botafogo catita, Meca das ambições dos nortistas, dos sulistas e dos... cariocas.

Sentei-me nos primeiros bancos; e já havia passado o Lírico e entrávamos na rua Treze de Maio, quando, no banco atrás do meu, se levantou uma altercação com o condutor, uma dessas vulgares alterações comuns nos nossos bondes.

— Ora, veja lá com quem fala! — dizia um.

— Faça o favor de pagar a sua passagem, retorquia o recebedor.

— Tome cuidado, acudiu o outro. Olhe que não trata com nenhum cafajeste! Veja lá!

— Pague a passagem, senão o carro não segue.

E como eu me virasse por esse tempo a ver melhor tão patusco caso, dei com a fisionomia do disputador que me pareceu vagamente minha conhecida. Não tive de fazer esforços de memória. Como uma ducha, ele me interpelou desta forma:

— Vejas tu só, Mascarenhas, como são as coisas! Eu, um artista, uma celebridade, cujos serviços a este país são inestimáveis, vejo-me agora maltratado por esse brutamontes que exige de mim, desaforadamente, a paga de uma quantia ínfima, como se eu fosse da laia dos que pagam.

Àquela voz, de súbito, pois ainda não sabia bem quem me falava, reconheci o homem: era o Ezequiel Beiriz.

Paguei-lhe a passagem, pois, não sendo celebridade, nem artista, podia perfeitamente e sem desdouro pagar quantias ínfimas; o veículo seguiu pacatamente o seu caminho, levando o meu espanto e a minha admiração pela transformação que se havia dado no temperamento do meu antigo colega de colégio. Pois era aquele parlapatão, o tímido Ezequiel?

Pois aquele presunçoso que não era da laia dos que pagam, era o cismático Ezequiel do colégio, sempre a sonhar viagens maravilhosas, à Júlio Verne? Que teria havido nele? Ele me pareceu inteiramente são, no momento e para sempre.

Travamos conversa e mesmo a procurei, para decifrar tão interessante enigma.

— Que diabo, Beiriz! Onde tens andado? Creio que há bem quinze anos que não nos vemos, não é? Onde andaste?

— Ora! Por esse mundo de Cristo. A última vez que nos encontramos... Quando foi mesmo?

— Quando eu ia embarcar para o interior do Estado do Rio, visitar a família.
— É verdade! Tens boa memória... Despedimo-nos no largo do Paço... Ias para Muruí, não é isso?
— Exatamente.
— Eu, logo em seguida, parti para o Recife a estudar direito.
— Estiveste lá este tempo todo?
— Não. Voltei para aqui, logo de dois anos passados lá.
— Por quê?
— Aborrecia-me aquela "chorumela" de direito... Aquela vida solta de estudantes de província não me agradava... São vaidosos... A sociedade lhes dá muita importância, daí...
— Mas, que tinhas com isso? Fazias vida à parte...
— Qual! Não era bem isso o que eu sentia... Estava era aborrecidíssimo com a natureza daqueles estudos... Queria outros...
— E tentaste?
— Tentar! Eu não tento; eu os faço... Voltei para o Rio a fim de estudar pintura.
— Como não tentas, naturalmente...
— Não acabei. Enfadou-me logo tudo aquilo da Escola de Belas-Artes.
— Por quê?
— Ora! Deram-me uns bonecos de gesso para copiar... Já viste que tolice? Copiar bonecos e pedaços de bonecos... Eu queria a coisa viva, a vida palpitante...
— É preciso ir às fontes, começar pelo começo, disse eu sentenciosamente.
— Qual! Isto é para toda gente... Eu vou de um salto; se erro, sou como o tigre diante do caçador — estou, morto!
— De forma que...
— Foi o que me aconteceu com a pintura. Por causa dos tais bonecos, errei o salto e a abandonei. Fiz-me repórter, jornalista, dramaturgo, o diabo! Mas, em nenhuma dessas profissões dei-me bem... Todas elas me desgostavam... Nunca estava contente com o que fazia... Pensei, de mim para mim, que nenhuma delas era a da

minha vocação e a do meu amor; e, como sou honesto intelectualmente, não tive nenhuma dor de coração em largá-las e ficar à toa, vivendo ao deus-dará.

— Isto durante muito tempo?

— Algum. Conto-te o resto. Já me dispunha a experimentar o funcionalismo, quando, certo dia, descendo as escadas de uma secretaria, onde fui levar um pistolão, encontrei um parente afastado que as subia. Deu-me ele a notícia da morte do meu tio rico que me pagava colégio e, durante alguns anos, me dera pensão; mas, ultimamente, a tinha suspendido, devido, dizia ele, a eu não esquentar lugar, isto é, andar de escola em escola, de profissão em profissão.

— Era solteiro esse seu tio?

— Era, e, como já não tivesse mais pai (ele era irmão de meu pai), ficava sendo o seu único herdeiro, pois morreu sem testamento. Devido a isso e mais ulteriores ajustes com a Justiça, fiquei possuidor de cerca de duas centenas e meia de contos.

— Um nababo! Hein?

— De algum modo. Mas escuta, filho! Possuidor dessa fortuna, larguei-me para a Europa a viajar. Antes — é preciso que saibas — fundei aqui uma revista literária e artística — *Vilhara* — em que apresentei as minhas ideias budistas sobre a arte, apesar do que nela publiquei as coisas mais escatológicas possíveis, poemetos ao suicídio, poemas em prosa à *Venus Genitrix*, junto com sonetos, cantos, glosas de coisas de livros de missa de meninas do colégio de Sion.

— Tudo isto de tua pena?

— Não. A minha teoria era uma e a da revista outra, mas publicava as coisas mais antagônicas a ela, porque eram dos amigos.

— Durou muito a tua revista?

— Seis números e custaram-me muito, pois até tricromias publiquei e hás de adivinhar que foram de quadros contrários ao meu ideal búdico. Imagina tu que até estampei uma reprodução dos "Horácios", do idiota do David!

— Foi para encher, certamente?

— Qual! A minha orientação nunca dominou a publicação...

Bem! Vamos adiante. Embarquei quase como fugido deste país em que a estética transcendente da renúncia, do aniquilamento do desejo era tão singularmente traduzida em versos fesceninos e escatológicos e em quadros apologéticos da força da guerra. Fui-me embora!

— Para onde?

— Pretendia ficar em Lisboa, mas, em caminho, sobreveio uma tempestade; e deu-me vontade, durante ela, de ir ao piano. Esperava que saísse o "bitu"; mas, qual não foi o meu espanto, quando de sob os meus dedos surgiu e ecoou todo o tremendo fenômeno meteorológico, toda a sua música terrível... Ah! Como me senti satisfeito! Tinha encontrado a minha vocação... Eu era músico! Poderia transportar, registrar no papel e reproduzi-los artisticamente, com os instrumentos adequados, todos os sons, até ali intraduzíveis pela arte, da Natureza. O bramido das grandes cachoeiras, o marulho soluçante das vagas, o ganido dos grandes ventos, o roncar divino do trovão, estalido do raio — todos esses ruídos, todos esses sons não seriam perdidos para a Arte; e, através do meu cérebro, seriam postos em música, idealizados transcendentalmente, a fim de mais fortemente, mais intimamente prender o homem à Natureza, sempre boa e sempre fecunda, vária e ondeante; mas...

— Tu sabias música?

— Não. Mas, continuei a viagem até Hamburgo, em cujo conservatório me matriculei. Não me dei bem nele, passei para o de Dresde, onde também não me dei bem. Procurei o de Munique, que não me agradou. Frequentei o de Paris, o de Milão...

— De modo que deves estar muito profundo em música?

Calou-se meu amigo um pouco e logo respondeu:

— Não. Nada sei, porque não encontrei um conservatório que prestasse. Logo que o encontre, fica certo que serei um músico extraordinário. Adeus, vou saltar. Adeus! Estimei ver-te.

Saltou e tomou por uma rua transversal que não me pareceu ser a da sua residência.

Por que não se matava

Esse meu amigo era o homem mais enigmático que conheci. Era a um tempo taciturno e expansivo, egoísta e generoso, bravo e covarde, trabalhador e vadio. Havia no seu temperamento uma desesperadora mistura de qualidades opostas e, na sua inteligência, um encontro curioso de lucidez e confusão, de agudeza e embotamento.
Nós nos dávamos desde muito tempo. Aí pelos doze anos, quando comecei a estudar os preparatórios, encontrei-o no colégio e fizemos relações. Gostei da sua fisionomia, da estranheza do seu caráter e mesmo ao descansarmos no recreio, após as aulas, a minha meninice contemplava maravilhada aquele seu longo olhar cismático, que se ia tão demoradamente pelas coisas e pelas pessoas.
Continuamos sempre juntos até à escola superior, onde andei conversando; e, aos poucos, fui verificando que as suas qualidades se acentuavam e os seus defeitos também.
Ele entendia maravilhosamente a mecânica, mas não havia jeito de estudar essas coisas de câmbio, de jogo de bolsa. Era assim: para umas coisas, muita penetração; para outras, incompreensão.
Formou-se, mas nunca fez uso da carta. Tinha um pequeno rendimento e sempre viveu dele, afastado dessa humilhante coisa que é a caça ao emprego.
Era sentimental, era emotivo; mas nunca lhe conheci amor. Isto eu consegui decifrar, e era fácil. A sua delicadeza e a sua timidez faziam a compartilha com outro, as coisas secretas de sua pessoa, dos seus sonhos, tudo o que havia de secreto e profundo na sua alma.
Há dias encontrei-o no chope, diante de uma alta pilha de rodelas de papelão, marcando com solenidade o número de copos bebidos.
Foi ali, no Adolfo, à Rua da Assembleia, onde aos poucos temos conseguido reunir uma roda de poetas, literatos, jornalistas, médicos,

advogados, a viver na máxima harmonia, trocando ideias, conversando e bebendo sempre.

É uma casa por demais simpática, talvez a mais antiga no gênero, e que já conheceu duas gerações de poetas. Por ela, passaram o Gonzaga Duque, o saudoso Gonzaga Duque, o B. Lopes, o Mário Pederneiras, o Lima Campos, o Malagutti e outros pintores que completavam essa brilhante sociedade de homens inteligentes.

Escura e oculta à vista da rua, é um ninho e também uma academia. Mais do que uma academia. São duas ou três. Somos tantos e de feições mentais tão diferentes, que bem formamos uma modesta miniatura do Silogeu.

Não se fazem discursos à entrada: bebe-se e joga-se bagatela, lá ao fundo, cercado de uma plateia ansiosa por ver o Amorim Júnior fazer sucessivos dezoitos.

Fui encontrá-lo lá, mas o meu amigo se havia afastado do ruidoso cenáculo do fundo; e ficara só a uma mesa isolada.

Pareceu-me triste e a nossa conversa não foi logo abundantemente sustentada. Estivemos alguns minutos calados, sorvendo aos goles a cerveja consoladora.

O gasto de copos aumentou e ele então falou com mais abundância e calor. Em princípio, tratamos de coisas gerais de arte e letras. Ele não é literato, mas gosta das letras, e as acompanha com carinho e atenção. Ao fim de digressões a tal respeito, ele me disse de repente:

— Sabes por que não me mato?

Não me espantei, porque tenho por hábito não me espantar com as coisas que se passam no chope. Disse-lhe muito naturalmente:

— Não.

— És contra o suicídio?

— Nem contra, nem a favor; aceito-o.

— Bem. Compreendes perfeitamente que não tenho mais motivo para viver. Estou sem destino, a minha vida não tem fim determinado. Não quero ser senador, não quero ser deputado, não quero ser nada. Não tenho ambições de riqueza, não tenho paixões nem desejos. A minha vida me aparece de uma inutilidade de trapo. Já descri de tudo, da arte, da religião e da ciência.

O Manuel serviu-nos mais dois chopes, com aquela delicadeza tão dele, e o meu amigo continuou:

— Tudo o que há na vida, o que lhe dá encanto, já não me atrai, e expulsei do meu coração. Não quero amantes, é coisa que sai sempre uma caceteação; não quero mulher, esposa, porque não quero ter filhos, continuar assim a longa cadeia de desgraças que herdei e está em mim em estado virtual para passar aos outros. Não quero viajar; enfada. Que hei de fazer?

Eu quis dar-lhe um conselho final, mas abstive-me, e respondi, em contestação:

— Matar-te.

— É isso que eu penso; mas...

A luz elétrica enfraqueceu um pouco e cri que uma nuvem lhe passava no olhar doce e tranquilo.

— Não tens coragem? — perguntei eu.

— Um pouco; mas não é isso o que me afasta do fim natural da minha vida.

— Que é, então?

— É a falta de dinheiro!

— Como? Um revólver é barato.

— Eu me explico. Admito a piedade em mim, para os outros; mas não admito a piedade dos outros para mim. Compreendes bem que não vivo bem; o dinheiro que tenho é curto, mas dá para as minhas despesas, de forma que estou sempre com cobres curtos. Se eu ingerir aí qualquer droga, as autoridades vão dar com o meu cadáver miseravelmente privado de notas do Tesouro. Que comentários farão? Como vão explicar o meu suicídio? Por falta de dinheiro. Ora, o único ato lógico e alto da minha vida, ato de suprema justiça e profunda sinceridade, vai ser interpretado, através da piedade profissional dos jornais, como reles questão de dinheiro. Eu não quero isso...

Do fundo da sala, vinha a alegria dos jogadores de bagatela; mas aquele casquinar não diminuía em nada a exposição das palavras sinistras do meu amigo.

— Eu não quero isso — continuou ele. Quero que se dê ao ato o seu justo valor e que nenhuma consideração subalterna lhe diminua a elevação.

— Mas escreve.

— Não sei escrever. A aversão que há na minha alma excede às forças do meu estilo. Eu não saberei dizer tudo o que de desespero vai nela; e, se tentar expor, ficarei na banalidade e as nuanças fugidias dos meus sentimentos não serão registradas. Eu queria mostrar a todos que fui traído; que me prometeram muito e nada me deram; que tudo isso é vão e sem sentido, estando no fundo dessas coisas pomposas, arte, ciência, religião, a impotência de todos nós diante de augusto mistério do mundo. Nada disso nos dá o sentido do nosso destino; nada disto nos dá uma regra exata de conduta, não nos leva à felicidade, nem tira as coisas hediondas da sociedade. Era isso...

— Mas vem cá: se tu morresses com dinheiro na algibeira, nem por tal...

— Há nisso uma causa: a causa da miséria ficaria arredada.

— Mas podia ser atribuído ao amor.

— Qual. Não recebo cartas de mulher, não namoro, não requesto mulher alguma; e não podiam, portanto, atribuir ao amor o meu desespero.

— Entretanto, a causa não viria à tona e o teu ato não seria aquilatado devidamente.

— De fato, é verdade; mas a causa-miséria não seria evidente. Queres saber de uma coisa? Uma vez, eu me dispus. Fiz uma transação, arranjei uns quinhentos mil-réis. Queria morrer em beleza; mandei fazer uma casaca; comprei camisas etc. Quando contei o dinheiro, já era pouco. De outra, fiz o mesmo. Meti-me em uma grandeza e, ao amanhecer em casa, estava a níqueis.

— De forma que é ter dinheiro para matar-te, zás, tens vontade de divertir-te.

— Tem me acontecido isso; mas não julgues que estou prosando. Falo sério e franco.

Nós nos calamos um pouco, bebemos um pouco de cerveja, e depois eu observei:

— O teu modo de matar-te não é violento, é suave. Estás a afogar-te em cerveja e é pena que não tenhas quinhentos contos, porque nunca te matarias.

— Não. Quando o dinheiro acabasse, era fatal.

— Zás, para o necrotério na miséria; e então?
— É verdade... Continuava a viver.
Rimo-nos um pouco do encaminhamento que a nossa palestra tomava.

Pagamos a despesa, apertamos a mão ao Adolfo, dissemos duas pilhérias ao Quincas e saímos.

Na rua, os bondes passavam com estrépido; homens e mulheres se agitavam nas calçadas; carros e automóveis iam e vinham...

A vida continuava sem esmorecimentos, indiferente que houvesse tristes e alegres, felizes e desgraçados, aproveitando a todos eles para o seu drama e a sua complexidade.

O CEMITÉRIO

Pelas ruas de túmulos, fomos calados. Eu olhava vagamente aquela multidão de sepulturas, que trepavam, tocavam-se, lutavam por espaço, na estreiteza da vaga e nas encostas das colinas aos lados. Algumas pareciam se olhar com afeto, roçando-se amigavelmente; em outras, transparecia a repugnância de estarem juntas. Havia solicitações incompreensíveis e também repulsões e antipatias; havia túmulos arrogantes, imponentes, vaidosos e pobres e humildes; e, em todos, ressumava o esforço extraordinário para escapar ao nivelamento da morte, ao apagamento que ela traz às condições e às fortunas.

Amontoavam-se esculturas de mármore, vasos, cruzes e inscrições; iam além; erguiam pirâmides de pedra tosca, faziam caramanchéis extravagantes, imaginavam complicações de matos e plantas — coisas brancas e delirantes, de um mau gosto que irritava. As inscrições exuberavam; longas, cheias de nomes, sobrenomes e datas, não nos traziam à lembrança nem um nome ilustre sequer; em vão procurei ler nelas celebridades, notabilidades mortas; não as encontrei. E de tal modo a nossa sociedade nos marca um tão profundo ponto, que até ali, naquele campo de mortos, mudo laboratório de decomposição, tive uma imagem dela, feita inconscientemente de um propósito, firmemente desenhada por aquele acesso de túmulos pobres e ricos, grotescos e nobres, de mármore e pedra, cobrindo vulgaridades iguais umas às outras por força estranha às suas vontades, a lutar...

Fomos indo. A carreta, empunhada pelas mãos profissionais dos empregados, ia dobrando as alamedas, tomando ruas, até que chegou à boca do soturno buraco, por onde se via fugir, para sempre do nosso olhar, a humildade e a tristeza do contínuo da Secretaria dos Cultos.

Antes que lá chegássemos, porém, detive-me um pouco em um túmulo de límpidos mármores, ajeitados em capela gótica, com anjos e cruzes que a rematavam pretensiosamente.

Nos cantos da lápide, vasos com flores de *biscuit* e, debaixo de um vidro, à nívea altura da base da capelinha, em meio-corpo, o retrato da morta que o túmulo engolira. Como se estivesse na Rua do Ouvidor, não pude suster um pensamento mau e quase exclamei:

— Bela mulher!

Estive a ver a fotografia e logo em seguida me veio à mente que aqueles olhos, que aquela boca provocadora de beijos, que aqueles seios túmidos, tentadores de longos contatos carnais, estariam àquela hora reduzidos a uma pasta fedorenta, debaixo de uma porção de terra embebida de gordura.

Que resultados teve a sua beleza na terra? Que coisas eternas criaram os homens que ela inspirou? Nada, ou talvez outros homens, para morrer e sofrer. Não passou disso, tudo mais se perdeu; tudo mais não teve existência, nem mesmo para ela e para os seus amados; foi breve, instantâneo, e fugaz.

Abalei-me! Eu que dizia a todo o mundo que amava a vida, eu que afirmava a minha admiração pelas coisas da sociedade — eu, meditar como um cientista profeta hebraico! Era estranho! Remanescente de noções que se me infiltraram e cuja entrada em mim mesmo eu não percebera! Quem pode fugir a elas?

Continuando a andar, adivinhei as mãos da mulher, diáfanas e de dedos longos; compus o seu busto ereto e cheio, a cintura, os quadris, o pescoço, esguio e modelado, as espáduas brancas, o rosto sereno e iluminado por um par de olhos indefinidos de tristeza e desejos...

Já não era mais o retrato da mulher do túmulo; era de uma viva, que me falava.

Com que surpresa, verifiquei isso.

Pois eu, eu que vivia desde os dezesseis anos, despreocupadamente, passando pelos meus olhos, na Rua do Ouvidor, todos os figurinos dos jornais de modas, eu me impressionei por aquela menina do cemitério! Era curioso.

E, por mais que procurasse explicar, não pude.

A BIBLIOTECA

À proporção que avançava em anos, mais nítidas lhe vinham as reminiscências das coisas da casa paterna. Ficava ela lá pelas bandas da Rua do Conde, por onde passavam então as estrondosas e fagulhentas "maxambombas" da Tijuca. Era um casarão grande, de dois andares, rés do chão, chácara cheia de fruteiras, rico de salas, quartos, alcovas, povoado de parentes, contraparentes, fâmulos, escravos; e a escada que servia os dois pavimentos, situada um pouco além da fachada, a desdobrar-se em toda a largura do prédio, era iluminada por uma grande e larga claraboia de vidros multicores. Todo ele era assoalhado de peroba de Campos, com vastas tábuas largas, quase da largura da tora de que nasceram; e as esquadrias, portas, janelas, eram de madeira de lei. Mesmo a cocheira e o albergue da sege eram de boa madeira e tudo coberto de excelentes e pesadas telhas. Que coisas curiosas havia entre os seus móveis e alfaias? Aquela mobília de jacarandá-cabiúna com o seu vasto canapé, de três espaldares, ovalados e vastos, que mais parecia uma cama que mesmo um móvel de sala; aqueles imensos consolos, pesados, e ainda mais com aqueles enormes jarrões de porcelana da Índia que não vemos mais; aqueles desmedidos retratos dos seus antepassados, a ocupar as paredes de alto abaixo — onde andava tudo aquilo? Não sabia... Vendera ele, aqueles objetos? Alguns; e dera muitos.

Umas coisas, porém, ficaram com o irmão que morrera cônsul na Inglaterra e lá deixara à prole; outras, com a irmã que se casara para o Pará... Tudo, enfim, desaparecera. O que ele estranhava ter desaparecido eram as alfaias de prata, as colheres, as facas, o coador de chá... E o espevitador de velas? Como ele se lembrava desse utensílio obsoleto, de prata! Era com ternura que se recordava dele, nas mãos de sua mãe, quando, nos longos serões, na sala de jantar, à espera do chá — que chá! — ele o via aparar os morrões das velas do candelabro, enquanto ela, sua mãe, não interrompia a história do Príncipe Tatu, que estava contando...

A tia Maria Benedita, muito velha, ao lado, sentada na estreita cadeira de jacarandá, tendo o busto ereto, encostado ao alto espaldar, ficava do lado, com os braços estendidos sobre os da cadeira, o tamborete aos pés, olhando atenta aquela sessão familiar, com o seu agudo olhar de velha e a sua hierática pose de estátua tebana tumular. Eram os nhonhôs e nhanhãs, nas cadeiras; e as crias e molecotes acocorados no assoalho, a ouvir... Era menino...

O aparelho de chá, o usual, o de todo o dia, como era lindo! Feito de uma louça negra, com ornatos em relevo, e um discreto esmalte muito igual de brilho — donde viera aquilo? Da China, da Índia?

E a gamela de bacurubu em que a Inácia, a sua ama, lhe dava banho — onde estava? Ah! As mudanças! Antes nunca tivesse vendido a casa paterna...

A casa é que conserva todas as recordações de família. Perdida que seja, como que ela se vinga fazendo dispersar as relíquias familiares que, de algum modo, conservavam a alma e a essência das pessoas queridas e mortas... Ele não podia, entretanto, manter o casarão... Foi o tempo, as leis, o progresso...

Todos aqueles trastes, todos aqueles objetos, no seu tempo de menino, sem grande valia, hoje valeriam muito... Tinha ainda o bule do aparelho de chá, um escumador, um *guéridon* com trabalho de embutido... Se ele tivesse (insistia) conservado a casa, tê-los-ia todos hoje, para poder rever o perfil aquilino, duro e severo do seu pai, tal qual estava ali, no retrato de Agostinho da Mota, professor de academia; e também a figurinha de Sèvres que era a sua mãe em moça, mas que os retratistas da terra nunca souberam pôr na tela. Mas não pôde conservar a casa... A constituição da família carioca foi insensivelmente se modificando; e ela era grande demais para a sua. De resto, o inventário, as partilhas, a diminuição de rendas, tudo isso tirou-a dele. A culpa não era sua, dele, era da marcha da sociedade em que vivia...

Essas recordações lhe vinham sempre e cada vez mais fortes, desde os quarenta e cinco anos; estivesse triste ou alegre, elas lhe acudiam. Seu pai, o Conselheiro Fernandes Carregal, tenente-coronel do Corpo de Engenheiros e lente da Escola Central, era filho do sargento-mor de engenharia e também lente da Academia Real Militar que o Conde de Linhares, ministro de dom João VI, fundou em 1810, no Rio de Janeiro, com o fim de se desenvolverem entre nós os estudos de ciências matemáticas, físicas e naturais, como lá diz o ato oficial que a instituiu. Desta academia todos sabem como vieram a surgir a atual Escola Politécnica e a extinta Escola Militar da Praia Vermelha. O filho de Carregal, porém, não passara por nenhuma delas; e, apesar de farmacêutico, nunca se sentira atraído pela especialidade dos estudos do pai. Este dedicara-se, a seu modo e ao nosso jeito, à Química. Tinha por ela uma grande mania... bibliográfica. A sua biblioteca a esse respeito era completa e valiosa. Possuía verdadeiros "incunábulos", se assim se pode dizer, da química moderna. No original ou em tradução, lá havia preciosidades. De Lavoisier, — encontravam-se quase todas as memórias, além do seu extraordinário e sagacíssimo *Traité Élémentaire de Chimie, presente dans un ordre et d'après les découvertes modernes.*

O velho lente, no dizer do filho, não podia pegar nesse respeitável livro que não fosse tomado de uma grande emoção.

— Veja só meu filho, como os homens são maus! Lavoisier publicou esta maravilhosa obra no início da Revolução, a qual ele sinceramente aplaudiu... Ela o mandou para o cadafalso — sabe você por quê?

— Não, papai.

— Porque Lavoisier tinha sido uma espécie de coletor ou coisa parecida no tempo do rei. Ele o foi, meu filho, para ter dinheiro com que custeasse as suas experiências. Veja você como são as coisas e como é preciso ser mais do que homem para bem servir aos homens...

Além desta gema que era a sua menina dos olhos, o Conselheiro Carregal tinha também o Proust, *Novo Sistema de Filosofia Química;* o Priestley, *Expériences sur les différentes espèces d'air;* as obras de Guyton de Morveau; o *Traité* de Berzelius, tradução de Hoefer e Esslinger; a *Statique Chimique* do grande Berthollet; a *Química Orgânica* de Liebig, tradução de Gerhardt — todos livros antigos e sólidos, sendo dentre eles, o mais moderno, as *Lições de Filosofia Química,* de Würtz, de 1864; mas, o estado dos livros dava a entender que nunca tinham sido consultados. Havia mesmo algumas obras de alquimia, edições dos primeiros tempos da tipografia, enormes, que exigem ser lidas em altas escrivaninhas, o leitor de pé, com um burel de monge ou nigromante; e, entre os desta natureza, lá estava um exemplar do *Le Livre des Figures Hiéroglyphiques* que a tradição atribui ao alquimista francês Nicolau Flamel.

Sobravam, porém, além destes, muitos outros livros de diferente natureza, mas também preciosos e estimáveis: um exemplar da *Geometria* de Euclides, em latim, impresso em Upsal, na Suécia, nos fins do século XVI; os *Principia* de Newton, não a primeira edição, mas uma de Cambridge muito apreciada; e as edições *princeps* da *Méchanique Analytique,* de Lagrange, e da *Géométrie Descriptive,* de Monge.

Era uma biblioteca rica assim de obras de ciências físicas e matemáticas que o filho do Conselheiro Carregal, há quarenta anos para cinquenta, piedosamente carregava de casa em casa, aos azares das mudanças desde que perdera o pai e vendera o casarão em que ela quietamente tinha vivido durante dezenas de anos, a gosto e à vontade.

Poderão supor que ela só tivesse obras dessa especialidade; mas tal não acontecia. Havia as de outros feitios de espírito. Encontravam-se lá os clássicos latinos; a *Voyage autour du Monde* de Bougainville; uma *Nouvelle Héloise,* de Rousseau, com gravuras abertas em aço; uma linda edição dos *Lusíadas,* em caracteres elzevirianos; e um exemplar do *Brasil e a Oceania,* de Gonçalves Dias, com uma dedicatória, do próprio punho do autor, ao conselheiro Carregal:

Fausto Carregal, assim era o nome do filho, até ali nunca se separara da biblioteca que lhe coubera como herança. Do mais que herdara, tudo dissipara, bem ou mal; mas os livros do conselheiro, ele os guardara intactos e conservados religiosamente, apesar de não os entender. Estudara alguma coisa, era até farmacêutico, mas sempre vivera alheado do que é verdadeiramente a substância dos livros — o pensamento e a absorção da pessoa humana neles.

Logo que pôde, arranjou um emprego público que nada tinha a ver com o seu diploma, afogou-se no seu ofício burocrático, esqueceu-se do pouco que estudara, chegou a chefe de seção, mas não abandonou jamais os livros do pai que sempre o acompanharam, e as suas velhas estantes de vinhático com incrustação de madrepérola.

A sua esperança era que um dos seus filhos os viesse a entender um dia; e todo o seu esforço de pai sempre se encaminhou para isso. O mais velho dos filhos, o Álvaro, conseguiu ele matriculá-lo no Pedro II; mas logo, no segundo ano, o pequeno meteu-se em calaçarias de namoros, deu em noivo e, mal fez dezoito anos, empregou-se nos correios, praticante *pro rata*, casando-se daí em pouco. Arrastava agora uma vida triste de casal pobre, moço, cheio de filhos, mais triste era ele ainda porquanto, não havendo alegria naquele lar, nem por isso havia desarmonia. Marido e mulher puxavam o carro igualmente...

O segundo filho não quisera ir além do curso primário. Empregara-se logo em um escritório comercial, fizera-se remador de um clube de regatas, ganhava bem e andava pelas tolas festas domingueiras de *sport*, com umas calças sungadas pelas canelas e um *canotier* muito limpo, tendo na fita uma bandeirinha idiota.

A filha casara-se com um empregado da Câmara Municipal de Niterói e lá vivia.

Restava-lhe o filho mais moço, o Jaime, tão bom, tão meigo e tão seu amigo, que lhe pareceu, quando veio ao mundo, ser aquele que estava destinado a ser o inteligente, o intelectual da família, o digno herdeiro do avô e do bisavô. Mas não foi; e ele se lembrava agora como recomendava sempre à mulher, nos primeiros anos de vida do caçula, ao ir para a repartição:

— Irene, cuida bem do Jaime! Ele é que vai ler os papéis do meu pai.

Porque o pequeno, em criança, era tão doentinho, tão mirrado, apesar dos seus olhos muito claros e vivos, que o pai temia fosse com ele a sua última esperança de um herdeiro capaz da biblioteca do conselheiro.

Jaime tinha nascido quando o mais velho entrava nos doze anos; e o inesperado daquela concepção alegrava-lhe muito, mas inquietara a mãe.

Pelos seus quatro anos de idade, Fausto Carregal já tinha podido ver o desenvolvimento dos dois outros seus filhos varões e havia desesperado de ver qualquer um deles entender, quer hoje ou amanhã, os livros do avô e do bisavô, que jaziam limpos, tratados, embalsamados, nos jazigos das prateleiras das estantes de vinhático, à espera de uma inteligência, na descendência dos seus primeiros proprietários, para de novo fazê-los voltar à completa e total vida do pensamento e da atividade mental fecunda.

Certo dia, lembrando-se de seu pai em face das esperanças que depositava no seu filho temporão, Fausto Carregal considerou que, apesar do amor de seu progenitor à Química, nunca ele o vira com *éprouvettes,* com copos graduados, com retortas. Eram só livros que ele procurava. Como os velhos sábios brasileiros, seu pai tinha horror ao laboratório, à experiência feita com as suas mãos, ele mesmo...

O seu filho, porém, o Jaime, não seria assim. Ele o queria com o maçarico, com o bico de Bunsen, com a baqueta de vidro, com o copo de laboratório...

— Irene, tu vais ver como o Jaime vai além do avô! Fará descobertas.

Sua mulher, entretanto, filha de um clínico que tivera fama quando moço, não tinha nenhum entusiasmo por essas coisas. A vida, para ela, se resumia em viver o mais simplesmente possível. Nada de grandes esforços, ou mesmo de pequenos, para se ir além do comum de todos; nada de escaladas, de ascensões; tudo terra a terra, muito cá embaixo... Viver, e só! Para que sabedorias? Para que nomeadas? Quase nunca davam dinheiro e quase sempre desgostos. Por isso, jamais se esforçou para que os seus filhos fossem além do ler, escrever e contar; e isso mesmo a fim de arranjarem um emprego que não fosse braçal, pesado ou servil.

O Jaime cresceu sempre muito meigo, muito dócil, muito bom; mas com venetas estranhas. Implicava com uma vela acesa em cima de um móvel porque lhe pareciam os círios que vira em torno de um defunto, na vizinhança; quando trovejava ficava a um canto calado, temeroso; o relâmpago fazia-o estremecer de medo, e logo após, ria-se de um modo estranho... Não era contudo doente; com o crescimento, até adquirira certa robustez. Havia noites, porém, em que tinha uma espécie de ataque, seguido de um choro convulso, uma coisa inexplicável que passava e voltava sem causa, nem motivo. Quando chegou aos sete anos, logo o pai quis pôr-lhe na mão a cartilha, porquanto vinha notando com singular satisfação a curiosidade do filho pelos livros, pelos desenhos e figuras, que os jornais e revistas traziam. Ele os contemplava horas e horas, absorvido, fixando nas gravuras os seus olhos castanhos, bons, leais...

Pôs-lhe a cartilha na mão:

— "A-e-i-o-u" — diga: "a".

O pequeno dizia: "a"; o pai seguia: "e"; Jaime repetia: "e"; mas quando chegava a "o", parecia que lhe invadia um cansaço mental, enfarava-se subitamente, não queria mais atender, não obedecia mais ao pai e, se este insistia e ralhava, o filho desatava a chorar:

— Não quero mais, papaizinho! Não quero mais!

Consultou médicos amigos. Aconselharam-no esperar que a criança tivesse mais idade. Aguardou mais um ano, durante o qual, para estimular o filho, não cessava de recomendar:

— Jaime, você precisa aprender a ler. Quem não sabe ler, não arranja nada na vida.

Foi em vão. As coisas se vieram a passar como da primeira vez. Aos doze anos, contratou um professor paciente, um velho empregado público aposentado, no intuito de ver se instilava inteligência do filho o mínimo de saber ler e escrever. O professor começou com toda a paciência e tenacidade; mas, a criança que era incapaz de ódio até ali, perdeu a doçura, a meiguice para com o professor.

Era falar-lhe no nome, a menos que o pai estivesse presente, ele desandava em descomposturas, em doestos, em sarcasmos ao físico e às maneiras do bom velho. Cansado, o antigo burocrata, ao fim de dois anos, despediu-se tendo conseguido que Jaime soletrasse e contasse alguma coisa.

Carregal meditou ainda um remédio, mas não encontrou. Consultou médicos, amigos, conhecidos. Era um caso excepcional; era um caso mórbido esse de seu filho. Remédio, se um houvesse, não existia aqui; só na Europa... Não podia, o pequeno, aprender bem, nem mesmo ler, escrever, contar!... Oh! Meu Deus!

A conclusão lhe chegou sem choque, sem nenhuma brusca violência; chegou sorrateiramente, mansamente, pé ante pé, devagar, como uma conclusão fatal que era.

Tinha o velho Carregal, por hábito, ficar na sala em que estavam os livros e as estantes do pai, a ler, pela manhã, os jornais do dia. À proporção que os anos se passavam e os desgostos aumentavam-lhe n'alma, mais religiosamente ele cumpria essa devoção à memória do pai. Chorava às vezes de arrependimento, vendo aquele pensamento todo, ali sepultado, mas ainda vivo, sem que entretanto pudesse fecundar outros pensamentos... Por que não estudara?

Dava-se assim, com aquela devoção diária, a ele mesmo, a ilusão de que, se não compreendia aqueles livros profundos e antigos, os respeitava e amava como a seu pai, esquecido de que para amá-los sinceramente era preciso compreendê-los primeiro. São deuses os livros, que precisam ser analisados, para depois serem adorados; e eles não aceitam a adoração senão dessa forma...

Naquela manhã, como de costume, fora para a sala dos livros, ler os jornais; mas não os pôde ler logo.

Pôs-se a contemplar os volumes nas suas molduras de vinhático. Viu o pai, o casarão, os moleques, as mucamas, as crias, o fardão do seu avô, os retratos... Lembrou-se mais fortemente de seu pai e viu-o lendo, entre aquelas obras, sentado a uma grande mesa, tomando de quando em quando rapé, que ele tirava às pitadas de uma boceta de tartaruga, espirrar depois, assoar-se num grande lenço de Alcobaça, sempre lendo, com o cenho carregado, os seus grandes e estimados livros.

As lágrimas vieram aos olhos daquele velho e avô. Teve de sustê-las logo. O filho mais novo entrava na dependência da casa em que ele se havia recolhido. Não tinha Jaime, porém, por esse tempo, um olhar de mais curiosidade para aqueles veneráveis volumes avoengos. Cheio dos seus dezesseis anos, muito robusto, não havia nele nem angústias, nem dúvidas. Não era corroído pelas ideias e era bem nutrido pela limitação e estreiteza de sua inteligência. Foi logo falando, sem mais detença, ao pai:

— Papai, você me dá cinco mil-réis, para eu ir hoje ao *football*.

O velho olhou o filho. Olhou a sua adolescência estúpida e forte, olhou seu mau feitio de cabeça; olhou bem aquele último fruto direto de sua carne e de seu sangue; e não se lembrou do pai. Respondeu:

— Dou, meu filho. Dentro em pouco, você terá.

E, em seguida, como se acudisse alguma coisa deslembrada que aquelas palavras lhe fizeram surgir à tona do pensamento, acrescentou com pausa:

— Diga a sua mãe que me mande buscar na venda uma lata de querosene, antes que feche. Não se esqueça, está ouvindo!

Era domingo. Almoçaram. O filho foi para o *football*; a mulher foi visitar a filha e os netos, em Niterói; e o velho Fausto Carregal ficou só em casa, pois a cozinheira teve também folga.

Com os seus ainda robustos setenta anos, o velho Fausto Fernandes Carregal, filho do tenente-coronel de engenharia, conselheiro Fernandes Carregal, lente da Escola Central, tendo consertado mais uma vez o seu amigo *cavaignac* inteiramente branco e pontiagudo, sem tropeço, sem desfalecimento, aos dois, aos quatro, aos seis, ele só, sacerdotalmente, ritualmente, foi carregando os livros que tinham sido do pai e do avô para o quintal da casa. Amontoou-os em vários grupos, aqui e ali, untou de petróleo cada um, muito cuidadosamente, e ateou-lhes fogo sucessivamente.

No começo a espessa fumaça negra do querosene não deixava ver bem as chamas brilharem; mas logo que ele se evolou, o clarão delas, muito amarelo, brilhou vitoriosamente com a cor que o povo diz ser a do desespero...

O FEITICEIRO E O DEPUTADO

Nos arredores do "Posto Agrícola de Cultura Experimental de Plantas Tropicais", que, como se sabe, fica no município Contra--Almirante Doutor Frederico Antônio da Mota Batista, limítrofe do nosso, havia um habitante singular.

Conheciam-no no lugar, que, antes do batismo burocrático, tivera o nome doce e espontâneo de Inharigá, por "feiticeiro"; o mesmo, certa vez a ativa polícia local, em falta do que fazer, chamou-o, a explicações. Não julguem que fosse negro. Parecia até branco e não fazia feitiços. Contudo, todo o povo das redondezas teimava em chamá-lo de "feiticeiro".

É bem possível que essa alcunha tivesse tido origem no mistério de sua chegada e na extravagância de sua maneira de viver.

Fora mítico o seu desembarque. Um dia apareceu em uma das praias do município e ficou, tal e qual Manco Capac, no Peru, menos a missão civilizadora do pai dos incas. Comprou, por algumas centenas de mil-réis, um pequeno sítio com uma miserável choça, coberta de sapé, paredes a sopapo; e tratou de cultivar-lhe as terras, vivendo taciturno e sem relações quase.

A meia encosta da colina, o seu casebre crescia como um cômoro de cupins; ao redor, os cajueiros, as bananeiras e as laranjeiras afagavam-no com amor; e cá embaixo, no sopé do morrote, em torno do poço de água salobre, as couves reverdeciam nos canteiros, aos seus cuidados incessantes e tenazes.

Era moço, não muito. Tinha por aí uns trinta e poucos anos; e um olhar doce e triste, errante e triste e duro, se fitava qualquer cousa.

Toda a manhã viam-no descer à rega das couves; e, pelo dia em fora, roçava, plantava e rachava lenha. Se lhe falavam, dizia:

— "Seu" Ernesto tem visto como a seca anda "brava".

— É verdade.
— Neste mês "todo" não temos chuva.
— Não acho... Abril, águas mil.

Se lhe interrogavam sobre o passado, calava-se; ninguém se atrevia a insistir e ele continuava na sua faina hortícola, à margem da estrada.

À tarde, voltava a regar as couves; e, se era verão, quando as tardes são longas, ainda era visto depois, sentado à porta de sua choupana. A sua biblioteca tinha só cinco obras: a *Bíblia,* o *Dom Quixote,* a *Divina Comédia,* o *Robinson* e o *Pensées,* de Pascal. O seu primeiro ano ali devia ter sido de torturas.

A desconfiança geral, as risotas, os ditérios, as indiretas certamente teriam-no feito sofrer muito, tanto mais que já devia ter chegado sofrendo muito profundamente, por certo de amor, pois todo o sofrimento vem dele.

Se se é coxo e parece que se sofre com o aleijão, não é bem este que nos provoca a dor moral: é a certeza de que ele não nos deixa amar plenamente...

Cochichavam que matara, que roubara, que falsificara; mas a palavra do delegado do lugar, que indagara dos seus antecedentes, levou a todos confiança no moço, sem que perdesse a alcunha e a suspeita de feiticeiro. Não era um malfeitor; mas entendia de mandingas. A sua bondade natural para tudo e para todos acabou desarmando a população. Continuou, porém, a ser feiticeiro, mas feiticeiro bom.

Um dia Sinhá Chica animou-se a consultá-lo:

— "Seu" Ernesto: viraram a cabeça de meu filho... Deu "pa bebê"... "Tá arrelaxando"...

— Minha senhora, que hei de eu fazer?

— O "sinhô" pode, sim! "Conversa cum" santo...

O solitário, encontrando-se por acaso, naquele mesmo dia, com o filho da pobre rapariga, disse-lhe docemente estas simples palavras:

— Não beba, rapaz. É feio, estraga — não beba!

E o rapaz pensou que era o Mistério quem lhe falava e não bebeu mais. Foi um milagre que mais repercutiu com o que contou o Teófilo Candeeiro.

Este incorrigível bebaço, a quem atribuíam a invenção do tratamento das sezões, pelo parati, dias depois, em um cavaco de venda, narrou que vira, uma tardinha, aí quase pela boca da noite, voar do telhado da casa do "homem" um pássaro branco, grande, maior do que um pato; e, por baixo do seu voo rasteiro, as árvores todas se abaixavam, como se quisessem beijar a terra.

Com essas e outras, o solitário de Inhangá ficou sendo como um príncipe encantado, um gênio bom, a quem não se devia fazer mal.

Houve mesmo quem o supusesse um Cristo, um Messias. Era a opinião do Manuel Bitu, o taverneiro, um antigo sacristão, que dava a Deus e a César o que era de um e o que era de outro; mas o escriturário do posto, "Seu" Almada, contrariava-o, dizendo que se o primeiro Cristo não existiu, então um segundo!...

O escriturário era um sábio, e sábio ignorado, que escrevia em ortografia pretensiosa os pálidos ofícios, remetendo mudas de laranjeiras e abacateiros para o Rio.

A opinião do escriturário era de exegeta, mas a do médico era de psiquiatra.

Esse "anelado" ainda hoje é um enfezadinho, muito lido em livros grossos e conhecedor de uma quantidade de nomes de sábios; e diagnosticou: um puro louco.

Esse "anelado" ainda hoje é uma esperança de ciência...

O "feiticeiro", porém, continuava a viver no seu rancho sobranceiro a todos eles. Opunha às opiniões autorizadas do doutor e do escriturário o seu desdém soberano de miserável independente; e ao estulto julgamento do bondoso Mané Bitu, a doce compaixão de sua alma terna e afeiçoada...

De manhã e à tarde, regava as suas couves; pelo dia em fora, plantava, colhia, fazia e rachava lenha, que vendia aos feixes, ao Mané Bitu, para poder comprar as utilidades de que necessitasse. Assim, passou ele cinco anos quase só naquele município de Inhangá, hoje burocraticamente chamado — "Contra-Almirante Doutor Frederico Antônio da Mota Batista".

Um belo dia foi visitar o posto o Deputado Braga, um elegante senhor, bem-posto, polido e cético.

O diretor não estava, mas o doutor Chupadinho, o sábio escriturário Almada e o vendeiro Bitu, representando o "capital" da localidade, receberam o parlamentar com todas as honras e não sabiam como agradá-lo.

Mostraram-lhe os recantos mais agradáveis e pinturescos, as praias longas e brancas e também as estranguladas entre morros sobranceiros ao mar; os horizontes fugidios e cismadores do alto das colinas; as plantações de batatas-doces; a ceva dos porcos...

Por fim, ao deputado que já se ia fatigando com aqueles dias, a passar tão cheio de assessores, o doutor Chupadinho convidou:

— Vamos ver, doutor, um degenerado que passa por santo ou feiticeiro aqui. É um dementado que, se a lei fosse lei, já de há muito estaria aos cuidados da ciência, em algum manicômio.

E o escriturário acrescentou:

— Um maníaco religioso, um raro exemplar daquela espécie de gente com que as outras idades fabricavam os seus santos.

E o Mané Bitu:

— É um rapaz honesto... Bom moço — é o que posso dizer dele.

O deputado, sempre cético e complacente, concordou em acompanhá-los à morada do feiticeiro. Foi sem curiosidade, antes indiferente, com uma ponta de tristeza no olhar.

O "feiticeiro" trabalhava na horta, que ficava ao redor do poço, na várzea, à beira da estrada.

O deputado olhou-o e o solitário, ao tropel de gente, ergueu o busto que estava inclinado sobre a enxada, voltou-se e fitou os quatro. Encarou mais firmemente o desconhecido e parecia procurar reminiscências. O legislador fitou-o também um instante e, antes que pudesse o "feiticeiro" dizer qualquer coisa, correu até ele e abraçou-o muito e demoradamente.

— És tu, Ernesto?

— És tu, Braga?

Entraram. Chupadinho, Almada e Bitu ficaram à parte e os dois conversaram particularmente.

Quando saíram, Almada perguntou:

— O doutor conhecia-o?

— Muito. Foi meu amigo e colega.

— É formado? — indagou o doutor Chupadinho.

— É.

— Logo vi, disse o médico. Os seus modos, os seus ares, a maneira com que se porta fizeram-me crer isso; o povo, porém...

— Eu também, observou Almada, sempre tive essa opinião íntima; mas essa gente por aí leva a dizer...

— Cá para mim, disse Bitu, sempre o tive por honesto. Paga sempre as suas contas.

E os quatro voltaram em silêncio para a sede do "Posto Agrícola de Cultura Experimental de Plantas Tropicais".

A DOENÇA DO ANTUNES

A fama do doutor Gedeão não cessava de crescer.

Não havia dia em que os jornais não dessem notícia de mais uma proeza por ele feita, dentro ou fora da medicina. Em tal dia, um jornal dizia: "O doutor Gedeão, esse maravilhoso clínico e excelente *goal-keeper,* acaba de receber um honroso convite do Libertad Futebol Club, de São José da Costa Rica, para tomar parte na sua partida anual com o Airoca Futebol Club, de Guatemala. Todo o mundo sabe a importância que tem esse desafio internacional e o convite ao nosso patrício representa uma alta homenagem à ciência brasileira e ao *futebol* nacional. O doutor Gedeão, porém, não pôde aceitar o convite, pois a sua atividade mental anda agora norteada para a descoberta da composição da Pomada Vienense, específico muito conhecido para a cura dos calos."

O doutor Gedeão vivia mais citado nos jornais que o próprio presidente da república e o seu nome era encontrado em todas as seções dos cotidianos. A seção elegante de *O Conservador,* logo ao dia seguinte da notícia acima, ocupou-se do doutor Gedeão da seguinte maneira: "O doutor Gedeão Cavalcanti apareceu ontem no Lírico inteiramente *fashionable.* O milagroso clínico saltou do seu *coupé* completamente nu. Não se descreve o interesse das senhoras e o maior ainda de muitos homens. Eu fiquei babado de gozo".

A fama do doutor corria assim desmedidamente. Deixou em instantes de ser médico do bairro ou da esquina, como dizia Mlle. Lespinasse, para ser o médico da cidade toda, o lente sábio, o literato ilegível à João de Barros, o herói do *football,* o obrigado papa-banquetes diários, o Cícero das enfermarias, o mágico dos salões, o poeta dos acrósticos, o dançador dos bailes de bom-tom etc., etc.

O seu consultório vivia tão cheio que nem a avenida em dia de carnaval, e havia quem dissesse que muitos rapazes preferiam-no, para as proezas de que os cinematógrafos são o teatro habitual.

Era procurado sobretudo pelas senhoras ricas, remediadas e pobres, e todas elas tinham garbo, orgulho, satisfação, emoção na voz quando diziam: — Estou me tratando com o doutor Gedeão.

Moças pobres sacrificavam os orçamentos domésticos para irem ao doutor Gedeão e muitas houve que deixavam de comprar o sapato ou o chapéu da moda para pagar a consulta do famoso doutor. De uma, eu sei que lá foi com enormes sacrifícios para curar-se de um defluxo; e curou-se, embora o doutor Gedeão não lhe tivesse receitado um xarope qualquer, mas um específico de nome arrevesado, grego ou copta, Anakati Tokotuta.

Porque o maravilhoso clínico não gostava das fórmulas e medicamentos vulgares; ele era original na botica que empregava.

O seu consultório ficava em uma rua central, bem perto da avenida, ocupando todo um primeiro andar. As antessalas eram mobiliadas com gosto e tinham mesmo pela parede quadros e mapas de coisas da arte de curar.

Havia mesmo, no corredor, algumas gravuras de combate ao alcoolismo e era de admirar que estivessem no consultório de um médico, cuja glória o obrigava a ser conviva de banquetes diários, bem e fartamente regados.

Para se ter a felicidade de sofrer um exame de minutos do milagroso clínico, era preciso que se adquirisse a entrada, isto é, o cartão, com antecedência, às vezes, de dias. O preço era alto, para evitar que os viciosos do doutor Gedeão não atrapalhassem os que verdadeiramente necessitavam das luzes do célebre clínico.

Custava a consulta cinquenta mil-réis; mas, apesar de tão alto preço, o escritório da celebridade médica era objeto de uma verdadeira romaria e toda a cidade o tinha como uma espécie de Aparecida médica.

* * *

José Antunes Bulhões, sócio principal da firma Antunes Bulhões & Cia., estabelecido com armazém de secos e molhados, lá pelas bandas do Campo dos Cardosos, em Cascadura, andava sofrendo de umas dores no estômago que não o deixavam comer com toda liberdade o seu bom cozido, rico de couves e nabos, farto de toucinho e abóbora vermelha, nem mesmo saborear, a seu contento, o caldo que tantas saudades lhe dava da sua aldeia minhota.

Consultou mezinheiros, curandeiros, espíritas, médicos locais e não havia meio de lhe passar de todo aquela insuportável dorzinha que não o permitia comer o cozido, com satisfação e abundância, e tirava-lhe de qualquer modo o sabor do caldo que tanto amava e apreciava.

Era ir para a mesa, lá lhe aparecia a dor e o cozido com os seus pertences, muito cheiroso, rico de couves, farto de toucinho e abóbora, olhava-o, namorava-o e ele namorava o cozido sem ânimo de mastigá-lo, de devorá-lo, de engoli-lo com aquele ardor que a sua robustez e o seu desejo exigiam.

Antunes era solteiro e quase casto.

Na sua ambição de pequeno comerciante, de humilde aldeão tangido pela vida e pela sociedade para a riqueza e para a fortuna, tinha recalcado todas as satisfações da vida, o amor fecundo ou infecundo, o vestuário, os passeios, a sociabilidade, os divertimentos, para só pensar nos contos de réis que lhe dariam a forra mais tarde do seu quase ascetismo atual, no balcão de uma venda dos subúrbios.

À mesa, porém, ele sacrificava um pouco do seu ideal de opulência e gastava sem pena na carne, nas verduras, nos legumes, no peixe, nas batatas, no bacalhau que, depois de cozido, era o seu prato predileto.

Desta forma, aquela dorzita no estômago o fazia sofrer extraordinariamente. Ele se privava do amor; mas que importava se, daqui a anos, ele pagaria para seu gozo, em dinheiro, em joia, em carruagem, em casamento até, corpos macios, veludosos, cuidados, perfumados, os mais caros que houvesse, aqui ou na Europa; ele se privava de teatros, de roupas finas, mas que importava se, dentro de alguns anos, ele poderia ir aos primeiros teatros daqui ou da Europa, com as mais caras mulheres que escolhesse; mas deixar de comer — isto não! Era preciso que o corpo estivesse sempre bem nutrido para aquela faina de quatorze ou quinze horas, a servir o balcão, a ralhar com os caixeiros, a suportar desaforos dos fregueses e a ter cuidado com os calotes.

Certo dia, ele leu nos jornais a notícia que o doutor Gedeão Cavalcanti tinha tido permissão do governo para dar alguns tiros com os grandes canhões do "Minas Gerais".

Leu a notícia toda e feriu-lhe o fato da informação dizer: "esse maravilhoso clínico e, certamente, um exímio artilheiro...

Clínico maravilhoso! Com muito esforço de memória, pôde conseguir recordar-se de que aquele nome já por ele fora lido em qualquer parte. Maravilhoso clínico! Quem sabe se ele o não curaria daquela dorzita ali, no estômago? Meditava assim, quando lhe entra pela venda adentro o Senhor Albano, empregado na Central, funcionário público, homem sério e pontual no pagamento.

Antunes foi-lhe logo perguntando:

— Senhor Albano, o senhor conhece o doutor Gedeão Cavalcanti?

— Gedeão — emendou o outro.

— Isto mesmo. Conhece-o, senhor Albano?

— Conheço.

— É bom médico?

— Milagroso. Monta a cavalo, joga xadrez, escreve muito bem, é um excelente orador, grande poeta, músico, pintor, *goal-keeper* dos primeiros...

— Então é um bom médico, não é, senhor Albano?

— É. Foi quem salvou a Santinha, minha mulher. Custou-me caro... Duas consultas... Cinquenta mil-réis cada uma... Some.

Antunes guardou a informação, mas não se resolveu imediatamente a ir consultar o famoso taumaturgo urbano. Cinquenta mil-réis! E se não ficasse curado com uma única consulta? Mais cinquenta...

Viu na mesa o cozido, olente, fumegante, farto de nabos e couves, rico de toucinho e abóbora vermelha, a namorá-lo e ele a namorar o prato sem poder amá-lo com o ardor e a paixão que o seu desejo pedia. Pensou dias e afinal decidiu-se a descer até à cidade, para ouvir a opinião do doutor Gedeão Cavalcanti sobre a sua dor no estômago, que lhe aparecia de onde em onde.

Vestiu-se o melhor que pôde, dispôs-se a suportar o suplício das botas, pôs o colete, o relógio, a corrente e o medalhão de ouro com a estrela de brilhantes, que parece ser o distintivo dos pequenos e grandes negociantes; e encaminhou-se para a estação da estrada de ferro.

Ei-lo no centro da cidade. Adquiriu a entrada, isto é, o cartão, nas mãos do contínuo do consultório, despedindo-se dos seus, cinquenta mil-réis com a dor do pai que leva um filho ao cemitério. Ainda se o doutor fosse seu freguês... Mas qual! Aqueles não voltariam mais...

Sentou-se entre cavalheiros bem-vestidos e damas perfumadas.

Evitou encarar os cavalheiros e teve medo das damas. Sentia bem o seu opróbrio, não de ser taberneiro, mas de só possuir de economias duas miseráveis dezenas de contos... Se tivesse algumas centenas — então, sim! — ele poderia olhar aquela gente com toda a segurança da fortuna, do dinheiro, que havia de alcançar certamente, dentro de anos, o mais breve possível.

Um a um, iam eles entrando para o interior do consultório; e pouco se demoravam. Antunes começou a ficar desconfiado... Diabo! Assim tão depressa?

Teriam todos pago cinquenta mil-réis?

Boa profissão a de médico! Ah! Se o pai tivesse sabido disso... Mas qual!

Pobre pai! Ele mal podia com o peso da mulher e dos filhos, como havia ele de pagar-lhe mestres? Cada um enriquece como pode...

Foi, por fim, à presença do doutor. Antunes gostou do homem. Tinha um olhar doce, os cabelos já grisalhos, apesar de sua fisionomia moça, umas mãos alvas, polidas...

Perguntou-lhe o médico com muita macieza de voz:

— Que sente o senhor?

Antunes foi-lhe dizendo logo o terrível mal no estômago de que vinha sofrendo, há tanto tempo, mal que desaparecia e aparecia mas que não o deixava nunca. O doutor Gedeão Cavalcanti fê-lo tirar o paletó, o colete, auscultou-o bem, examinou-o demoradamente, tanto de pé como deitado, sentou-se depois, enquanto o negociante recompunha a sua modesta *toilette*.

Antunes sentou-se também, e esperou que o médico saísse de sua meditação.

Foi rápida. Dentro de um segundo, o famoso clínico dizia com toda segurança:

— O senhor não tem nada.

Antunes ergueu-se de um salto da cadeira e exclamou indignado:

— Então, senhor doutor, eu pago cinquenta mil-réis e não tenho nada! Esta é boa! Noutra não caio eu!

E saiu furioso do consultório que merecia, da cidade, uma romaria semelhante à da milagrosa Lourdes.

A nova Califórnia

I

Ninguém sabia donde viera aquele homem. O agente do Correio pudera apenas informar que acudia ao nome de Raimundo Flamel, pois assim era subscrita a correspondência que recebia. E era grande. Quase diariamente, o carteiro lá ia a um dos extremos da cidade, onde morava o desconhecido, sopesando um maço alentado de cartas vindas do mundo inteiro, grossas revistas em línguas arrevesadas, livros, pacotes...

Quando Fabrício, o pedreiro, voltou de um serviço em casa do novo habitante, todos na venda perguntaram-lhe que trabalho lhe tinha sido determinado.

— Vou fazer um forno, disse o preto, na sala de jantar.

Imaginem o espanto da pequena cidade de Tubiacanga, ao saber de tão extravagante construção: um forno na sala de jantar! E, pelos dias seguintes, Fabrício pôde contar que vira balões de vidros, facas sem corte, copos como os da farmácia — um rol de coisas esquisitas a se mostrarem pelas mesas e prateleiras como utensílios de uma bateria de cozinha em que o próprio diabo cozinhasse.

O alarme se fez na vila. Para uns, os mais adiantados, era um fabricante de moeda falsa; para outros, os crentes e simples, um tipo que tinha parte com o tinhoso.

Chico da Tirana, o carreiro, quando passava em frente da casa do homem misterioso, ao lado do carro a chiar, e olhava a chaminé da sala de jantar a fumegar, não deixava de persignar-se e rezar um "credo" em voz baixa; e, não fora a intervenção do farmacêutico, o subdelegado teria ido dar um cerco à casa daquele indivíduo suspeito, que inquietava a imaginação de toda uma população.

Tomando em consideração as informações de Fabrício, o boticário Bastos concluíra que o desconhecido devia ser um sábio, um grande químico, refugiado ali para mais sossegadamente levar avante os seus trabalhos científicos.

Homem formado e respeitado na cidade, vereador, médico também, porque o doutor Jerônimo não gostava de receitar e se fizera sócio da farmácia para mais em paz viver, a opinião de Bastos levou tranquilidade a todas as consciências e fez com que a população cercasse de uma silenciosa admiração a pessoa do grande químico, que viera habitar a cidade.

De tarde, se o viam a passear pela margem do Tubiacanga, sentando-se aqui e ali, olhando perdidamente as águas claras do riacho, cismando diante da penetrante melancolia do crepúsculo, todos se descobriam e não era raro que às "boas noites" acrescentassem "doutor". E tocava muito o coração daquela gente a profunda simpatia com que ele tratava as crianças, a maneira pela qual as contemplava, parecendo apiedar-se de que elas tivessem nascido para sofrer e morrer.

Na verdade, era de ver-se, sob a doçura suave da tarde, a bondade de Messias com que ele afagava aquelas crianças pretas, tão lisas de pele e tão tristes de modos, mergulhadas no seu cativeiro moral, e também as brancas, de pele baça, gretada e áspera, vivendo amparadas na necessária caquexia dos trópicos.

Por vezes, vinha-lhe vontade de pensar qual a razão de ter Bernardin de Saint-Pierre gasto toda a sua ternura com Paulo e Virgínia e esquecer-se dos escravos que os cercavam...

Em poucos dias a admiração pelo sábio era quase geral, e não o era unicamente porque havia alguém que não tinha em grande conta os méritos do novo habitante.

Capitão Pelino, mestre-escola e redator da *Gazeta de Tubiacanga*, órgão local e filiado ao partido situacionista, embirrava com o sábio. "Vocês hão de ver, dizia ele, quem é esse tipo... Um caloteiro, um aventureiro ou talvez um ladrão fugido do Rio."

A sua opinião em nada se baseava, ou antes, baseava-se no seu oculto despeito vendo na terra um rival para a fama de sábio de que gozava. Não que Pelino fosse químico, longe disso; mas era sábio, era gramático. Ninguém escrevia em Tubiacanga que não levasse bordoada do Capitão Pelino, e mesmo quando se falava em algum homem notável lá no Rio, ele não deixava de dizer: "Não há dúvida! O homem tem talento, mas escreve: 'um outro', 'de resto'..." E contraía os lábios como se tivesse engolido alguma coisa amarga.

Toda a vila de Tubiacanga acostumou-se a respeitar o solene Pelino, que corrigia e emendava as maiores glórias nacionais. Um sábio...

Ao entardecer, depois de ler um pouco o Sotero, o Cândido de Figueiredo ou o Castro Lopes, e de ter passado mais uma vez a tintura nos cabelos, o velho mestre-escola saía vagarosamente de casa, muito abotoado no seu paletó de brim mineiro, e encaminhava-se para a botica do Bastos a dar dois dedos de prosa. Conversar é um modo de dizer, porque era Pelino avaro de palavras, limitando-se tão somente a ouvir. Quando, porém, dos lábios de alguém escapava a menor incorreção de linguagem, intervinha e emendava. "Eu asseguro, dizia o agente do Correio, que..." Por aí, o mestre-escola intervinha com mansuetude evangélica: "Não diga 'asseguro' Senhor Bernardes; em português é garanto".

E a conversa continuava depois da emenda, para ser de novo interrompida por uma outra. Por essas e outras, houve muitos palestradores que se afastaram, mas Pelino, indiferente, seguro dos seus deveres, continuava o seu apostolado de vernaculismo. A chegada do sábio veio distraí-lo um pouco da sua missão. Todo o seu esforço voltava-se agora para combater aquele rival, que surgia tão inopinadamente.

Foram vãs as suas palavras e a sua eloquência: não só Raimundo Flamel pagava em dia as suas contas, como era generoso — pai da pobreza — e o farmacêutico vira em uma revista de específicos seu nome citado como químico de valor.

II

Havia já anos que o químico vivia em Tubiacanga, quando, uma bela manhã, Bastos o viu entrar pela botica adentro. O prazer do farmacêutico foi imenso. O sábio não se dignara até aí visitar fosse quem fosse e, certo dia, quando o sacristão Orestes ousou penetrar em sua casa, pedindo-lhe uma esmola para a futura festa de Nossa Senhora da Conceição, foi com visível enfado que ele o recebeu e atendeu.

Vendo-o, Bastos saiu de detrás do balcão, correu a recebê-lo com a mais perfeita demonstração de quem sabia com quem tratava e foi quase em uma exclamação que disse:

— Doutor, seja bem-vindo.

O sábio pareceu não se surpreender nem com a demonstração de respeito do farmacêutico, nem com o tratamento universitário. Docemente, olhou um instante a armação cheia de medicamentos e respondeu:

— Desejava falar-lhe em particular, senhor Bastos.

O espanto do farmacêutico foi grande. Em que poderia ele ser útil ao homem, cujo nome corria mundo e de quem os jornais falavam com tão acendrado respeito? Seria dinheiro? Talvez... Um atraso no pagamento das rendas, quem sabe? E foi conduzindo o químico para o interior da casa, sob o olhar espantado do aprendiz que, por um momento, deixou a "mão" descansar no gral, onde macerava uma tisana qualquer.

Por fim, achou ao fundo, bem no fundo, o quartinho que lhe servia para exames médicos mais detidos ou para as pequenas operações, porque Bastos também operava. Sentaram-se e Flamel não tardou a expor:

— Como o senhor deve saber, dedico-me à química, tenho mesmo um nome respeitado no mundo sábio...

— Sei perfeitamente, doutor, mesmo tenho disso informado, aqui, aos meus amigos.

— Obrigado. Pois bem: fiz uma grande descoberta, extraordinária...

Envergonhado com o seu entusiasmo, o sábio fez uma pausa e depois continuou:

— Uma descoberta... Mas não me convém, por ora, comunicar ao mundo sábio, compreende?

— Perfeitamente.

— Por isso, precisava de três pessoas conceituadas que fossem testemunhas de uma experiência dela e me dessem um atestado em forma, para resguardar a prioridade da minha invenção... O senhor sabe, há acontecimentos imprevistos e...
— Certamente! Não há dúvida!
— Imagine o senhor que se trata de fazer ouro...
— Como? O quê? — fez Bastos, arregalando os olhos.
— Sim! Ouro! — disse, com firmeza, Flamel.
— Como?
— O senhor saberá, disse o químico secamente. A questão do momento são as pessoas que devem assistir à experiência, não acha?
— Com certeza, é preciso que os seus direitos fiquem resguardados, porquanto...
— Uma delas, interrompeu o sábio, é o senhor; as outras duas, o senhor Bastos fará o favor de indicar-me.
O boticário esteve um instante a pensar, passando em revista os seus conhecimentos e, ao fim de uns três minutos, perguntou:
— O coronel Bentes lhe serve? Conhece?
— Não. O senhor sabe que não me dou com ninguém aqui.
— Posso garantir-lhe que é homem sério, rico e muito discreto.
— É religioso? Faço-lhe esta pergunta, acrescentou Flamel logo, porque temos que lidar com ossos de defunto e só estes servem...
— Qual! É quase ateu...
— Bem! Aceito. E o outro?
Bastos voltou a pensar e dessa vez demorou-se um pouco mais consultando a sua memória... Por fim, falou:
— Será o tenente Carvalhais, o coletor, conhece?
— Como já lhe disse...
— É verdade. É homem de confiança, sério, mas...
— Que é que tem?
— É maçom.
— Melhor.
— E quando é?
— Domingo. Domingo, os três irão lá em casa assistir à experiência e espero que não me recusarão as suas firmas para autenticar a minha descoberta.

— Está tratado.

Domingo, conforme prometeram, as três pessoas respeitáveis de Tubiacanga foram à casa de Flamel, e, dias depois, misteriosamente, ele desaparecia sem deixar vestígios ou explicação para o seu desaparecimento.

III

Tubiacanga era uma pequena cidade de três ou quatro mil habitantes, muito pacífica, em cuja estação, de onde em onde, os expressos davam a honra de parar. Há cinco anos não se registrava nela um furto ou roubo. As portas e janelas só eram usadas... porque o Rio as usava.

O único crime notado em seu pobre cadastro fora um assassinato por ocasião das eleições municipais; mas, atendendo que o assassino era do partido do governo, e a vítima da oposição, o acontecimento em nada alterou os hábitos da cidade, continuando ela a exportar o seu café e a mirar as suas casas baixas e acanhadas nas escassas águas do pequeno rio que a batizara.

Mas, qual não foi a surpresa dos seus habitantes quando se veio a verificar nela um dos repugnantes crimes de que se tem memória! Não se tratava de um esquartejamento ou parricídio; não era o assassinato de uma família inteira ou um assalto à coletoria; era cousa pior, sacrílega aos olhos de todas as religiões e consciências: violavam-se as sepulturas do "Sossego", do seu cemitério, do seu campo-santo.

Em começo, o coveiro julgou que fossem cães, mas, revistando bem o muro, não encontrou senão pequenos buracos. Fechou-os; foi inútil. No dia seguinte, um jazigo perpétuo arrombado e os ossos saqueados; no outro, um carneiro e uma sepultura rasa. Era gente ou demônio. O coveiro não quis mais continuar as pesquisas por sua conta, foi ao subdelegado e a notícia espalhou-se pela cidade.

A indignação na cidade tomou todas as feições e todas as vontades. A religião da morte precede todas e certamente será a última a morrer nas consciências. Contra a profanação, clamaram os seis presbiterianos do lugar — os bíblicos, como lhes chama o povo; clamava o agrimensor Nicolau, antigo cadete, e positivista do rito Teixeira Mendes; clamava o major Camanho, presidente da loja Nova Esperança; clamavam o turco Miguel Abudala, negociante de armarinho, e o cético Belmiro, antigo estudante, que vivia ao deus-dará, bebericando parati nas tavernas. A própria filha do engenheiro residente da estrada de ferro, que vivia desdenhando aquele lugarejo, sem notar sequer os suspiros dos apaixonados locais, sempre esperando que o expresso trouxesse um príncipe a desposá-la, a linda e desdenhosa Cora não pôde deixar de compartilhar da indignação e do horror que tal ato provocara em todos do lugarejo. Que tinha ela com o túmulo de antigos escravos e humildes roceiros? Em que podia interessar aos seus lindos olhos pardos o destino de tão humildes ossos? Porventura o furto deles perturbaria o seu sonho de fazer radiar a beleza de sua boca, dos seus olhos e do seu busto nas calçadas do Rio?

Decerto, não; mas era a Morte, a Morte implacável e onipotente, de que ela também se sentia escrava, e que não deixaria um dia de levar a sua linda caveirinha para a paz eterna do cemitério. Aí Cora queria os seus ossos sossegados, quietos e comodamente descansando em um caixão bem feito em um túmulo seguro, depois de ter sido a sua carne encanto e prazer dos vermes...

O mais indignado, porém, era Pelino. O professor deitara artigo de fundo, imprecando, bramindo, gritando: "Na estória do crime, dizia ele, já bastante rica de fatos repugnantes, como sejam: o esquartejamento de Maria de Macedo, o estrangulamento dos irmãos Fuoco, não se registra um que o seja tanto como o saque às sepulturas do 'Sossego'".

E a vila vivia em sobressalto. Nas faces não se lia mais paz; os negócios estavam paralisados; os namoros suspensos. Dias e dias por sobre as casas pairavam nuvens negras e, à noite, todos ouviam ruídos, gemidos, barulhos sobrenaturais... Parecia que os mortos pediam vingança...

O saque, porém, continuava. Toda noite eram duas, três sepulturas abertas e esvaziadas de seu fúnebre conteúdo. Toda a população resolveu ir em massa guardar os ossos dos seus maiores. Foram cedo, mas, em breve, cedendo à fadiga e ao sono, retirou-se um, depois outro e, pela madrugada, já não havia nenhum vigilante. Ainda nesse dia o coveiro verificou que duas sepulturas tinham sido abertas e os ossos levados para destino misterioso.

Organizaram então uma guarda. Dez homens decididos juraram perante o subdelegado vigiar durante a noite a mansão dos mortos.

Nada houve de anormal na primeira noite, na segunda e na terceira; mas, na quarta, quando os vigias já se dispunham a cochilar, um deles julgou lobrigar um vulto esgueirando-se por entre a quadra dos carneiros. Correram e conseguiram apanhar dois dos vampiros. A raiva e a indignação, até aí sopitadas no ânimo deles, não se contiveram mais e deram tanta bordoada nos macabros ladrões, que os deixaram estendidos como mortos.

A notícia correu logo de casa em casa e, quando, de manhã, se tratou de estabelecer a identidade dos dois malfeitores, foi diante da população inteira que foram neles reconhecidos o coletor Carvalhais e o coronel Bentes, rico fazendeiro e presidente da Câmara. Este último ainda vivia e, a perguntas repetidas que lhe fizeram, pôde dizer que juntava os ossos para fazer ouro e o companheiro que fugira era o farmacêutico.

Houve espanto e houve esperanças. Como fazer ouro com ossos? Seria possível? Mas aquele homem rico, respeitado, como desceria ao papel de ladrão de mortos se a coisa não fosse verdade!

Se fosse possível fazer, se daqueles míseros despojos fúnebres se pudesse fazer alguns contos de réis, como não seria bom para todos eles!

O carteiro, cujo velho sonho era a formatura do filho, viu logo ali meios de consegui-la. Castrioto, o escrivão do juiz de paz, que no ano passado conseguiu comprar uma casa, mas ainda não a pudera cercar, pensou no muro, que lhe devia proteger a horta e a criação. Pelos olhos do sitiante Marques, que andava desde anos atrapalhado para arranjar um pasto, pensou logo no prado verde do Costa, onde os seus bois engordariam e ganhariam forças...

Às necessidades de cada um, aqueles ossos que eram ouro viriam atender, satisfazer e felicitá-los; e aqueles dois ou três milhares de pessoas, homens, crianças, mulheres, moços e velhos, como se fossem uma só pessoa, correram à casa do farmacêutico.

A desinteligência não tardou a surgir; os mortos eram poucos e não bastavam para satisfazer a fome dos vivos. Houve facadas, tiros, cachações. Pelino esfaqueou o turco por causa de um fêmur e mesmo entre as famílias questões surgiram. Unicamente, o carteiro e o filho não brigaram. Andaram juntos e de acordo e houve uma vez que o pequeno, uma esperta criança de onze anos, até aconselhou ao pai: "Papai vamos aonde está mamãe; ela era tão gorda...".

De manhã, o cemitério tinha mais mortos do que aqueles que recebera em trinta anos de existência. Uma única pessoa lá não estivera, não matara nem profanara sepulturas: fora o bêbedo Belmiro.

Entrando em uma venda, meio aberta, e nela não encontrando ninguém, enchera uma garrafa de parati e se deixara ficar a beber sentado na margem do Tubiacanga, vendo escorrer mansamente as suas águas sobre o áspero leito de granito — ambos, ele e o rio, indiferentes ao que já viram, mesmo à fuga do farmacêutico, com o seu Potosi e o seu segredo, sob o dossel eterno das estrelas.

O FALSO DOM HENRIQUE V

(*Episódio da história da Bruzundanga*)

Nas notas da minha viagem à República da Bruzundanga, que devem aparecer brevemente, eu me abstive, para não tornar enfadonho o livro, de tratar da sua história. Não que ela deixe, por isso ou aquilo, de ser interessante; mas por ser trabalhosa a tarefa, à vista das muitas identificações das datas de certos fatos, que exigiam uma paciente transposição de sua cronologia para a nossa e também porque certas formas de dizer e de pensar são muito expressivas na língua de lá, mas que em uma tradução instantânea para a de cá ficariam sem sal, sem o sainete próprio, a menos que não quisesse eu deter-me anos em tal afã.

Conquanto não seja rigorosamente científico, como diria um antigo aluno da *École Nationale des Chartes* de Paris; conquanto não seja assim, eu tomei a resolução heroica de aproximar a *grosso modo*, nesta breve notícia, os mais peculiares à Bruzundanga dos nossos nomes portugueses e nomes típicos assim como, do nosso calendário usual, as datas da cronologia nacional da República da Bruzundanga, que seria obrigado a fazer referência.

É assim que o nome do principal personagem desta narração não é bem o germano-luso Henrique Costa; mas, no falar da República de que trato, Henbe-en-Rhinque.

Avisados disso os eruditos, estou certo de que não tomarão por inqualificável ignorância da minha parte esse traduzir fantástico, às vezes, mesmo, só se baseando na simples homofonia dos vocábulos.

A história do falso d. Henrique, que foi imperador da Bruzundanga, é muito semelhante à daquele falso Demétrio que imperou na Rússia onze meses. Mérimée contou-lhe a história em um livro estimável.

O imperador d. Sajon (Shah-Jehon) reinava desde muito e o seu reinado parecia não querer tomar termo. Todos os seus filhos varões tinham morrido e a sua herança passava para os seus netos varões, os quais, nos últimos anos do seu governo, se haviam reduzido a um único.

Lá, convém lembrar, havia uma espécie de lei sálica que não permitia princesa no trono, embora, em falta do filho do príncipe varão, pudessem os filhos delas governar e reinar.

O imperador d. Sajon, conquanto fosse despótico, mesmo, em certas vezes, cruel e sanguinário, era amado do povo, sobre o qual a sua cólera quase nunca se fazia sentir.

Tinha no coração que a sua gente pobre fosse o menos pobre possível; que no seu império não houvesse fome; que os nobres e príncipes não esmagassem nem espoliassem os camponeses. Espalhava escolas e academias e, aos que se distinguiam, nas letras ou nas ciências, dava as maiores funções do Estado, sem curar-lhes da origem.

Os nobres fidalgos e mesmo os burgueses enriquecidos do pé para a mão murmuravam muito sobre a rotina do imperante e o seu viver modesto. Onde é que se viu, diziam eles, um imperador que só tem dois palácios? E que palácios imundos! Não têm mármores, não têm "frescos", não têm quadros, não têm estátuas... Ele, continuavam, que é dado à botânica, não tem um parque, como o menor do rei da França, nem um castelo, como o mais insignificante do rei da Inglaterra. Qualquer príncipe italiano, cujo principado é menos do que a sua capital, tem residências dez vezes mais magníficas do que esse bocó de Sanjon.

O imperador ouvia isso da boca dos seus esculcas e espiões, mas não dizia nada. Sabia o sangue e a dor que essas construções opulentas custam aos povos. Sabia quantas vidas, quantas misérias, quanto sofrimento custou à França Versalhes. Lembrava-se bem da recomendação que Luiz XIV, arrependido, na hora da morte, fez a seu bisneto e herdeiro, pedindo-lhe que não abusasse das construções e das guerras, como ele o fizera.

Serviu assim o velho imperador o seu longo reinado sem dar ouvidos aos fidalgos e grandes burgueses, desejosos todos eles de fazer parada das suas riquezas, títulos e mulheres belas, em grandes palácios, luxuosos teatros, vastos parques, construídos, porém, com o suor do povo.

Vivia modestamente, como já foi dito, sem fausto, ou antes com um fausto obsoleto, tanto pelo seu cerimonial propriamente quanto pelos apetrechos de que se servia. O carro de gala tinha sido do seu bisavô e, ao que diziam, as librés dos palafreneiros ainda eram da época do pai, vendo-se até em algumas os remendos mal postos.

Perdeu todas as filhas, por isso veio a ficar sendo, afinal, o único herdeiro o seu neto d. Carlos (Khárlithos). Era este um príncipe bom como o avô, mas mais simples e mais triste do que Sanjon.

Vivia sempre afastado, fora da corte e dos fidalgos, em um castelo retirado, cercado de alguns amigos, de livros, de flores e de árvores. Dos prazeres reais e feudais só guardava um: o cavalo. Era a sua paixão e ele não só os tinha dos melhores, como também ensaiava cruzamentos, para selecionar as raças nacionais.

Enviuvara dois anos após um casamento de conveniência e do seu enlace houvera um único filho — o príncipe d. Henrique.

Apesar de viúvo nada se dizia sobre os seus costumes que eram os mais puros e os mais morais que se podem exigir de um homem. O seu único vício era o cavalo e os passeios a cavalo pelos arredores do seu castelo, às vezes com um amigo, às vezes com um criado, mas quase sempre só.

Os amigos íntimos diziam que o seu sofrimento e a sua tristeza vinham de pensar em ser um dia imperador. Ele não disse, mas bem se podia admitir que raciocinasse com aquele príncipe do romance que confessa ao primo: "Pois você não vê logo que eu tenho vergonha nesta época, de me fingir de Carlos Magno, com o tal manto de arminho, abelhas, coroas, cetro — você não vê mesmo? Fique você com a coroa, se quiser!".

Dom Carlos não falava assim, pois não era dado a *blagues*, nem a *boutades*; mas, de quando em quando, ao sair dos rápidos acessos de mutismo e melancolia a que era sujeito, no meio da conversação, dizia como em um suspiro:

— No dia em que for imperador, o que farei, meu Deus!

Um belo dia, um príncipe tão bom como este aparece assassinado em um caminho que atravessa uma floresta do seu domínio de Cubahandê, nos arredores da capital.

A dor foi imensa em todos os pontos do império e ninguém sabia explicar por que pessoa tão boa, tão ativamente boa, seria trucidada assim misteriosamente.

Naquela manhã, saíra a cavalo, na Hallumatu, a sua égua negra, de um ébano reluzente, como carbúnculo; e ela voltava desbocada, sem o cavaleiro, para as estrebarias. Procuraram-no e foram encontrá-lo cadáver com uma punhalada no peito.

O povo perquiriu os culpados e boquejou que o assassínio devia ter sido a mandado de uns parentes longínquos da família imperial, em nome da qual, há vários séculos, o seu chefe e fundador tinha desistido das suas prerrogativas e privilégios feudais, para traficar com escravos malaios. Enriquecidos, aos poucos, entraram de novo na hierarquia de que se tinham degradado voluntariamente, mas não obtiveram o título de príncipes imperiais. Eram somente príncipes.

O assassinato ficou esquecido e o velho Rei Sanjon teimava em viver. Fosse enfraquecimento das faculdades, originado pela velhice, fosse o emprego de sortilégios e feitiços, como querem os incrédulos cronistas de Bruzundanga, o fato é que o velho imperador entregou-se de corpo e alma ao mais evidente representante da família aparentada, a dos Hjanlhianes, o tal que se havia degradado. Fazia este e desfazia no império; e falou-se mesmo em permiti-los voltar às dignidades imperiais, mediante um *senatus consultum*. A isso, o povo e sobretudo o exército se opuseram e começaram a murmurar. O exército era republicano, queria uma república de verdade, na sua ingenuidade e inexperiência política; os Hjanlhianes logo perceberam que, por aí, podiam chegar a altas dignidades e muitos deles se fizeram republicanos.

Entretanto, o bisneto de Sanjon continuava sequestrado no castelo de Cubahandê. Devia ter sete ou oito anos.

Quando menos se esperava, em um dado momento em que se representava, no Teatro Imperial da Bruzundanga, o *Brutus* de Voltaire, vinte generais, seis coronéis, doze capitães e cerca de oitenta alferes proclamaram a república e saíram para a rua, seguidos de muitos paisanos que tinham ido buscar as armas de flandres, na arrecadação do teatro, a gritar: Viva a República! Abaixo o tirano! etc., etc.

O povo, propriamente, vem assim, àquela hora, nas janelas para ver o que se passava; e, no dia seguinte, quando se soube da verdade, um olhava para o outro e ambos ficavam estupidamente mudos.

Tudo aderiu; e o velho imperador e os seus parentes, exceto os Hjanlhianes, foram exilados. Ficou também o pequeno príncipe d. Henrique como refém, e sonhou que os imperiais parentes dele não tentariam nenhum golpe de mão contra as instituições populares, que acabavam de trazer a próxima felicidade da Bruzundanga.

Foi escolhida uma junta governativa, cujo chefe foi aquele Hjanlhianes, Tétrech, que era favorito do imperador Sanjon.

Começou logo a construir palácios e teatros, a pôr casas abaixo, para fazer avenidas suntuosas. O dinheiro da receita não chegava, aumentou os impostos, e vexações, multas etc. Enquanto a constituinte não votava a nova Constituição, decuplicou os direitos de entrada de produtos estrangeiros manufaturados. Os espertos começaram a manter curiosas fábricas de produtos nacionais da seguinte forma, por exemplo: adquiriam em outros países solas, sapatos já recortados. Importavam tudo isso; como matéria-prima, livre de impostos, montavam as botas nas suas singulares fábricas e vendiam pelo triplo do que custavam os estrangeiros.

Outra forma de extorquir dinheiro ao povo e enriquecer mais ainda os ricos eram as isenções de direitos alfandegários.

Tétrech decretou isenções de direitos para maquinismos etc., destinados a usinas-modelos de açúcar, por exemplo, e prêmios para a exportação dos mesmos produtos. Os ricos somente podiam mantê-los e trataram de fazê-lo logo. Fabricaram açúcar à vontade, mas mandavam para o exterior, pela metade do custo, a quase totalidade da produção, pois os prêmios cobriam o prejuízo e o encarecimento fatal de produto, nos mercados da Bruzundanga, também. Nunca houve tempo em que se inventassem com tanta perfeição tantas ladroeiras legais.

A fortuna particular de alguns, em menos de dez anos, quase que quintuplicou; mas o Estado, os pequenos-burgueses e o povo, pouco a pouco, foram caindo na miséria mais atroz.

O povo do campo, dos latifúndios (fazendas) e empresas deixou a agricultura e correu para a cidade atraído pela alta dos salários;

era, porém, uma ilusão, pois a vida tornou-se caríssima. Os que lá ficaram, roídos pelas doenças e pela bebida, deixavam-se ficar vivendo em um desânimo de agruras.

Os salários eram baixíssimos e não lhes davam com o que se alimentar razoavelmente; andavam quase nus; as suas casas eram sujíssimas e cheias de insetos parasitas, transmissores de moléstias terríveis. A raça da Bruzundanga tinha por isso uma caligem de tristeza que lhe emprestava tudo quanto ela continha: as armas, o escachoar das cachoeiras, o canto doloroso dos pássaros, o cicio da chuva nas cobertas de sapê da choça — tudo nela era dor, choro e tristeza. Dir-se-ia que aquela terra tão velha se sentia aos poucos sem viver...

Antes disso, porém, houve um acontecimento que abalou profundamente o povo. O príncipe d. Henrique e o seu preceptor, d. Hobhathy, foram encontrados, em uma tarde, afogados em um lago do jardim do castelo de Cubahandê. A nova correu célere por todo o país, mas ninguém quis acreditar no fato, tanto mais que Tétrech Hjanlhianes mandou executar todos os servidores do palácio. Se ele os mandou matar, considerava a gente humilde, é porque não queria que ninguém dissesse que o menino tinha fugido. E não saiu daí. Os padres das aldeias e arraiais, que se viam vexados e perseguidos — os das cidades sempre dispostos a esmagar aqueles, para servir os potentados nas suas violências e opressões contra os trabalhadores rurais — não cessavam de manter veladamente essa crença da existência do príncipe Henrique. Estava oculto, havia de aparecer...

Sofrimentos de toda a ordem caíram sobre o pobre povo da roça e do sertão; privações de toda a natureza caíram sobre ele; e colaram-lhe a fria sanguessuga, a ventosa dos impostos, cujo produto era empregado, diretamente, em um fausto governamental de opereta, e, indiretamente, em uma ostentação ridícula de ricos sem educação nem instrução. Para benefício geral, nada!

A Bruzundanga era um sarcófago de mármore, ouro e pedrarias, em cujo seio, porém, o cadáver mal embalsamado do povo apodrecia e fermentava.

De norte a sul, sucediam-se epidemias de loucuras, umas maiores, outras menores. Para debelar uma, foi preciso um verdadeiro exército de vinte mil homens. No interior era assim; nas cidades, os hospícios e asilos de alienados regurgitavam. O sofrimento e a penúria levavam ao álcool, "para esquecer"; e o álcool levava ao manicômio.

Profetas regurgitavam, cartomantes, práticos de feitiçaria, abusos de toda a ordem. A prostituição, clara ou clandestina, era quase geral, de alto a baixo; e os adultérios cresciam devido ao mútuo engano dos nubentes em represália, um ao outro, fortuna ou meios, de obtê-la. Na classe pobre, também, por contágio. Apesar do luxo tosco, bárbaro e bronco, dos palácios e "perspectivas" cenográficas, a vida das cidades era triste, de provocar lágrimas. A indolência dos ricos tinha abandonado as alturas dela, as suas colinas pitorescas, e os pobres, os mais pobres, de mistura em toda espécie de desgraçados criminosos e vagabundos, ocupavam as eminências urbanas com casebres miseráveis, sujos, frios, feitos de tábuas de caixões de sabão e cobertos com folhas desdobradas de latas em que veio acondicionado o querosene.

Era a coroa, o laurel daquela glacial transformação política...

As dores do país tiveram eco num peito rústico e humilde. Surgiu em um domingo o profeta, que gemia por todo o país.

Rapidamente, pela nação toda, foram conhecidas as profecias, em verso, do professor Lopes. Quem era? Em uma aldeia da província de Aurilândia, um velho mestiço que tivera algumas luzes de seminário e vivera muito tempo a ensinar as primeiras letras, apareceu alistando profecias, umas claras, outras confusas. Em instantes, espalharam-se pelo país e foram do ouvido do povo crédulo ao entendimento do burguês com algumas luzes. Todos os que tinham "a fé no coração" ouviram-nas; e todos queriam o reaparecimento d'Ele, do pequeno imperador d. Henrique, que não fora assassinado. A tensão espiritual chegava ao auge; a miséria batia em todos os pontos, uma epidemia desconhecida de tal forma foi violenta que, na capital da Bruzundanga, foi preciso apelar para a caridade dos galés, a fim de enterrar os mortos!...

Desaparecida que ela foi, muito tempo, a cidade, os subúrbios, até as estradas rurais cheiravam a defunto...

E quase todas recitavam como oração as profecias do professor Lopes:

Este país da Bruzundanga
Parece de Deus deslembrado.
Nele, o povo anda na canga
Amarelo, pobre, esfaimado.

Houve fome, seca e peste
Brigas e saques também
E agora a água investe
Sem cobrir a guerra que vem.

No ano que tem dois sete
Ele por força voltará
E oito ninguém sofrerá.
Pois flagelos já são sete
E oito ninguém sofrerá.

Estes toscos versos eram sabidos de cor por toda a gente e recitados em uma unção mística. O governo tentou desmoralizá-los, por intermédio dos seus jornais, mas não conseguiu. O povo acreditava. Tentou prender Lopes mas recuou, diante da ameaça de uma sublevação em massa da província de Aurilândia. As coisas pareciam querer sossegar, quando se anunciou que, nesta penúria, aparecera o príncipe d. Henrique. Em começo, ninguém fez caso; mas o fato tomou vulto. Todos por lá recebiam-no como tal, desde o mais rico até o mais pobre. Um velho servidor do antigo imperador jurou reconhecer, naquele mancebo de trinta anos, o bisneto do seu antigo imperial amo.

Os Hjanlhianes, com estes e aquele nome, continuavam a suceder-se no governo, espenicando o saque e a vergonha do país em regra. Tinham, logo que esgotavam as forças dos naturais, apelado para a imigração, a fim de evitar velhaduras nos seus latifúndios. Vieram homens mais robustos e mais cheios de ousadia, sem mesmo dependência sentimental com os dominadores, pois não se deixavam explorar facilmente, como os naturais. Revoltavam-se continuadamente; e os Hjanlhianes, esquecidos do mal que tinham dito dos seus patrícios pobres, deram em animar estes e a tanger o chocalho da pátria e do patriotismo. Mas, era tarde! Quando se soube que a Bruzundanga tinha declarado guerra ao império dos Oges para que muitos Hjanlhianes se metessem em grandes comissões e gorjetas, que os banqueiros da Europa lhes davam, não foi mais a primazia de Aurilândia que se conheceu naquele mancebo desconhecido, o seu legítimo imperador d. Henrique V, bisneto do bom d. Sajon: foi todo país, operários, soldados, cansados de curtir miséria também; estrangeiros, vagabundos, criminosos, prostitutas, todos enfim, que sofriam.

O chefe dos Hjanlhianes morreu como um cão, envenenado por ele mesmo ou por outros, no seu palácio, enquanto os seus criados e fâmulos queimavam no pátio, em auto de fé, os tapetes que tinham custado misérias e lágrimas de um povo dócil e bom. A cidade se iluminou; não houve pobre que não pusesse uma vela, um coto, na janela do seu casebre...

D. Henrique reinou durante muito tempo e, até hoje, os mais conscienciosos sábios da Bruzundanga não afirmam com segurança se ele era verdadeiro ou falso.

Como não tivesse descendência, quando chegou aos sessenta anos, aquele sábio príncipe proclamou por sua própria boca a República, que é ainda a forma de governo da Bruzundanga, mas para a qual, ao que parece, o país não tem nenhuma vocação. Ela espera ainda a sua forma de governo...

Um e outro

A Deodoro Leucht

Não havia motivo para que ela procurasse, aquela ligação, não havia razão para que a mantivesse. O Freitas a enfarava um pouco, é verdade. Os seus hábitos quase conjugais; o modo de tratá-la como sua mulher; os rodeios de que se servia para aludir à vida das outras raparigas; as precauções que tomava para enganá-la; a sua linguagem sempre escoimada de termos de calão ou duvidosos; enfim, aquele ar burguês da vida que levava, aquela regularidade, aquele equilíbrio davam-lhe a impressão de estar cumprindo penas.

Isto era bem verdade, mas não a absolvia perante ela mesma de estar enganando o homem que lhe dava tudo, que educava sua filha, que a mantinha como senhora, com o *chauffeur* do automóvel em que passeava duas vezes ou mais por semana. Por que não procurara outro mais decente? A sua razão desejava bem isso; mas o seu instinto a tinha levado.

A bem dizer, ela não gostava de homem, mas de homens; as exigências de sua imaginação, mais do que as de sua carne, eram para a poliandria. A vida a fizera assim e não havia de ser agora, ao roçar os cinquenta, que havia de corrigir-se. Ao lembrar-se de sua idade, olhou-se um pouco no espelho e viu que uma ruga teimosa começava a surgir no canto de um dos olhos. Era preciso a massagem... Examinou-se melhor. Estava de corpinho. O colo era ainda opulento, unido; o pescoço repousava bem sobre ele, e ambos, colo e pescoço, se ajustavam sem saliências nem depressões.

Teve satisfação de sua carne; teve orgulho mesmo. Há quanto tempo ela resistia aos estragos do tempo e ao desejo dos homens? Não estava moça, mas se sentia ainda apetitosa. Quantos a provaram? Ela não podia sequer avaliar o número aproximado. Passavam por sua lembrança numerosas fisionomias. Muitas ela não fixara bem na memória e surgiam-lhe na recordação como coisas vagas, sombras, pareciam espíritos. Lembrava-se às vezes de um gesto, às vezes de uma frase deste ou daquele sem se lembrar dos seus traços; recordava-se às vezes da roupa sem se recordar da pessoa. Era curioso que de certos que a conhecessem uma única noite e se foram para sempre; ela se lembrasse bem; e de outros que se demoraram, tivesse uma imagem apagada.

Os vestígios da sua primitiva educação religiosa e os moldes da honestidade comum subiram à sua consciência. Seria pecado aquela sua vida? Iria para o inferno? Viu um instante o seu inferno de estampa popular: as labaredas muito rubras, as almas mergulhadas nelas e os diabos, com uns garfos enormes, a obrigar os penitentes a sofrerem o suplício.

Haveria isso mesmo ou a morte seria...? A sombra da morte ofuscou-lhe o pensamento. Já não era tanto o inferno que lhe vinha aos olhos; era a morte só, o aniquilamento do seu corpo, da sua pessoa, o horror horrível da sepultura fria.

Isto lhe pareceu uma injustiça. Que as vagabundas comuns morressem, vá! Que as criadas morressem, vá! Ela, porém, ela que tivera tantos amantes ricos; ela que causara rixas, suicídios e assassinatos, morrer era uma iniquidade sem nome! Não era uma mulher comum, ela, a Lola, a Lola desejada por tantos homens; a Lola, amante do Freitas, que gastava mais de um conto de réis por mês nas cousas triviais da casa, não podia nem devia morrer. Houve então nela um assomo íntimo de revolta contra o destino implacável.

Agarrou a blusa, ia vesti-la, mas reparou que faltava um botão. Lembrou-se de pregá-lo, mas imediatamente lhe veio a invencível repugnância que sempre tivera pelo trabalho manual. Quis chamar a criada: mas seria demorar. Lançou mão de alfinetes.

Acabou de vestir-se, pôs o chapéu, e olhou um pouco os móveis. Eram caros, eram bons. Restava-lhe esse consolo: morreria, mas morreria no luxo, tendo nascido em uma cabana. Como eram diferentes os dois momentos! Ao nascer, até aos vinte e tantos anos, mal tinha onde descansar após as labutas domésticas. Quando casada, o marido vinha suado dos trabalhos do campo e, mal lavados, deitavam-se. Como era diferente agora... Qual! Não seria capaz de suportá-lo mais... Como é que pôde?

Seguiu-se a emigração... Como foi que veio até ali, até aquela cumeada de que se orgulhava? Não apanhava bem o encadeamento. Apanhava alguns termos da série; como porém se ligaram, como se ajustaram para fazê-la subir de criada a amante opulenta do Freitas, não compreendia bem. Houve oscilações, houve desvios. Uma vez mesmo quase se viu embrulhada em uma questão de furto; mas, após tantos anos, a ascensão, parecia-lhe gloriosa e retilínea. Deu os últimos toques no chapéu, consertou o cabelo na nuca, abriu o quarto e foi à sala de jantar.

— Maria, onde está a Mercedes? — perguntou.

Mercedes era a sua filha, filha de sua união legal, que orçava pelos vinte e poucos anos. Nascera no Brasil, dois anos após a sua chegada, um antes de abandonar o marido. A criada correu logo a atender a patroa.

— Está no quintal conversando com Aída, patroa.

Maria era a sua copeira e Aída a lavadeira; no trem de sua casa, havia três criadas e ela, a antiga criada, gostava de lembrar-se do número das que tinha agora, para avaliar o progresso que fizera na vida.

Não insistiu mais em perguntar pela filha e recomendou:

— Vou sair. Fecha bem a porta da rua... Toma cuidado com os ladrões.

Abotoou as luvas, consertou a fisionomia e pisou a calçada com um imponente ar de grande dama sob o seu caro chapéu de plumas brancas.

A rua dava-lhe mais força de fisionomia, mais consciência dela. Como se sentia estar no seu reino, na região em que era rainha e imperatriz. O olhar cobiçoso dos homens e o de inveja das mulheres acabavam o sentimento de sua personalidade, exaltavam-no até. Dirigiu-se para a rua do Catete com o seu passo miúdo e sólido. Era manhã e, embora andássemos pelo meado do ano, o sol era forte como se já verão fosse. No caminho trocou cumprimentos com as raparigas pobres de uma casa de cômodos da vizinhança.

— Bom dia, "madama".

— Bom dia.

E debaixo dos olhares maravilhados das pobres raparigas, ela continuou o seu caminho, arrepanhando a saia, satisfeita que nem uma duquesa atravessando os seus domínios.

O *rendez-vous* era para a uma hora; tinha tempo, portanto, de dar umas voltas à cidade. Precisava mesmo que o Freitas lhe desse uma quantidade maior. Já lhe falara a respeito pela manhã quando ele saiu, e tinha que buscá-la ao escritório dele.

Tencionava comprar um mimo e oferecê-lo ao *chauffeur* do "seu" Pope, o seu último amor, o ente sobre-humano que ela via coado através da beleza daquele "carro" negro, arrogante, insolente cortando a multidão das ruas orgulhoso como um deus.

Na imaginação, ambos, *chauffeur* e "carro", não os podia separar um do outro; e a imagem dos dois era uma única de suprema beleza, tendo a seu dispor a força e a velocidade do vento.

Tomou o bonde. Não reparou nos companheiros de viagem; em nenhum, ela sentiu uma alma; em nenhum, ela sentiu um semelhante. Todo o seu pensamento era para o *chauffeur,* e o "carro". O automóvel, aquela magnífica máquina, que passava pelas ruas que nem um triunfador, era bem a beleza do homem que o guiava; e, quando ela o tinha nos braços, não era bem ele quem a abraçava, era a beleza daquela máquina que punha nela ebriedade, sonho e a alegria singular da velocidade. Não havia como aos sábados em que ela, recostada às almofadas amplas, percorria as ruas da cidade, concentrava os olhares e todos invejavam mais o carro que ela, a força que se continha nele e o arrojo que o *chauffeur* moderava. A vida de centenas de miseráveis, de tristes e mendicantes sujeitos que andavam a pé, estava ao dispor de uma simples e imperceptível volta no guidão; e o motorista que ela beijava, que ela acariciava, era como uma divindade que dispusesse de humildes seres deste triste e desgraçado planeta.

Em tal instante, ela se sentia vingada do desdém com que a cobriam, e orgulhosa de sua vida.

Entre ambos, "carro" e *chauffeur,* ela estabelecia um laço necessário, não só entre as imagens respectivas como entre os objetos. O "carro" era como os membros do outro e os dois completavam-se em uma representação interna, maravilhosa de elegância, de beleza, de vida, de insolência, de orgulho e de força.

O bonde continuava a andar. Vinha jogando pelas ruas em fora, tilintando, parando aqui e ali. Passavam carroças, passavam carros, passavam automóveis. O dele não passaria certamente. Era de "garage" e saía unicamente para certos e determinados fregueses que só passeavam à tarde ou escolhiam-no para a volta dos clubes, alta noite. O bonde chegou à praça da Glória. Aquele trecho da cidade tem um ar de fotografia, como que houve nele uma preocupação de vista, de efeito em perspectiva; e agradava-lhe. O bonde corria agora ao lado do mar. A baía estava calma, os horizontes eram límpidos e os barcos a vapor quebravam a harmonia da paisagem.

A marinha pede sempre o barco a vela; ele como que nasceu do mar, é sua criação; o barco a vapor é um grosseiro engenho demasiado humano, sem relação com ela. A sua brutalidade é violenta.

A Lola, porém, não se demorou em olhar o mar, nem o horizonte; a natureza lhe era completamente indiferente e não fez nenhuma reflexão sobre o trecho que a via passar. Considerou dessa vez os vizinhos. Todos lhe pareciam detestáveis. Tinham um ar de pouco dinheiro e regularidade sexual abominável. Que gente!

O bonde passou pela frente do Passeio Público e o seu pensamento fixou-se um instante no chapéu que tencionava comprar. Ficar-lhe-ia bem? Seria mais belo que o da Lúcia, amante do Adão "Turco"? Saltava de uma probabilidade para outra, quando lhe veio desviar da preocupação a passagem de um automóvel. Pareceu ser ele, o *chauffeur*. Qual! Em um táxi? Não era possível. Afugentou o pensamento e o bonde continuou. Enfrentou o Teatro Municipal. Olhou-lhe as colunas, os dourados; achou-o bonito, bonito como uma mulher cheia de atavios. Na Avenida, ajustou o passo, consertou a fisionomia, arrepanhou a saia com a mão esquerda e partiu ruas em fora com um ar de grande dama sob o enorme chapéu de plumas brancas.

Nas ocasiões em que precisava falar ao Freitas no escritório, ela tinha por hábito ficar em um *restaurant* próximo e mandar chamá-lo por um caixeiro. Assim ele lhe recomendava e assim ela fazia, convencida como estava de que as razões com que o Freitas lhe justificara esse procedimento eram sólidas e procedentes. Não ficava bem ao alto comércio de comissões e consignações que as damas fossem procurar os representantes dele nos respectivos escritórios; e, se bem que o Freitas fosse um simples caixa da Casa Antunes,

Costa & Cia., uma visita como a dela poderia tirar de tão poderosa firma a fama de solidez e abalar-lhe o crédito na clientela.

A espanhola ficou, portanto, próxima e, enquanto esperava o amante, pediu uma limonada e olhou a rua. Naquela hora, a rua 1º de Março tinha o seu pesado trânsito habitual de grandes carroções pejados de mercadorias. O movimento quase se cingia a homens; e se, de quando em quando, passava uma mulher, vinha em um bando de estrangeiros recentemente desembarcados.

Se passava um destes, Lola tinha um imperceptível sorriso de mofa. Que gente! Que magras! Onde é que foram descobrir aquela magreza de mulher? Tinha como certo que, na Inglaterra, não havia mulheres bonitas nem homens elegantes.

Em um dado momento, alguém passou que lhe fez crispar a fisionomia. Era a Rita. Onde ia àquela hora? Não lhe foi dado ver bem o vestuário dela, mas viu o chapéu, cuja *pleureuse* lhe pareceu mais cara que a do seu. Como é que arranjara aquilo? Como é que havia homens que dessem tal luxo a uma mulher daquelas? Uma mulata...

O seu desgosto sossegou com essa verificação e ficou possuída de um contentamento de vitória. A sociedade regular dera-lhe a arma infalível...

Freitas chegou afinal e, como convinha à sua posição e à majestade do alto comércio, veio em colete e sem chapéu. Os dois se encontraram muito casualmente, sem nenhum movimento, palavra, gesto ou olhar de ternura.

— Não trouxeste Mercedes? — perguntou ele.

— Não... Fazia muito sol...

O amante sentou-se e ela o examinou um momento. Não era bonito, muito menos simpático. Desde muito verificara isso; agora, porém, descobrira o máximo defeito de sua fisionomia. Estava no olhar, um olhar sempre o mesmo fixo, esbugalhado, sem mutações e variações de luz. Ele pediu cerveja, ela perguntou:

— Arranjaste?

Tratava-se de dinheiro e o seu orgulho de homem do comércio que sempre se julga rico ou às portas da riqueza, ficou um pouco ferido com a pergunta da amante.

— Não havia dificuldade... Era só vir ao escritório... Mais que fosse...

Lola suspeitava que não lhe fosse tão fácil assim, mas nada disse. Explorava habilmente aquela sua ostentação de dinheiro, farejava "qualquer coisa" e já tomara as suas precauções.

Veio a cerveja e ambos, na mesa do *restaurant,* fizeram um numeroso esforço para conversar. O amante fazia-lhe perguntas: Vais à modista? Sais hoje à tarde? — Ela respondia: sim, não.

Passou de novo a Rita. Lola aproveitou o momento e disse:

— Lá vai aquela "negra".

— Quem?

— A Rita.

— A Ritinha!... Está agora com o "Louro", *croupier* do Emporium. E, em seguida, acrescentou:

— Está muito bem.

— Pudera! Há homens muito porcos.

— Pois olha, acho-a bem bonita.

— Não precisavas dizer-me. És como os outros... Ainda há quem se sacrifique por vocês.

Era seu hábito sempre procurar na conversa caminho para mostrar-se arrufada e dar a entender ao amante que ela se sacrificava vivendo com ele. Freitas não acreditava muito nesse sacrifício, mas não queria romper com ela, porque a sua ligação causava nas rodas de confeitarias, de pensões *chics* e jogo muito sucesso. Muito célebre e conhecida, com quase vinte anos de "vida ativa", o seu *collage* com a Lola, que, se não fora bela, fora sempre tentadora e provocante, punha a sua pessoa em foco e garantia-lhe um certo prestígio sobre as outras mulheres.

Vendo-a arrufada, o amante fingiu-se arrependido do que dissera, e vieram a despedir-se com palavras ternas.

Ela saiu contente com o dinheiro na carteira. Havia dito ao Freitas que o destinava a uma filha que estava na Espanha; mas a verdade era que mais de metade seria empregada na compra de um presente para o seu motorista amado. Subiu a rua do Ouvidor, parando pelas montras das casas de joias. Que havia de ser? Um anel? Já lhe havia dado. Uma corrente? Também já lhe dera uma. Parou em uma vitrine e viu uma cigarreira. Simpatizou com o objeto. Parecia caro e era ofuscante: ouro e pedrarias — uma coisa de mau gosto evidente. Achou-a maravilhosa, entrou e comprou-a sem discutir.

Encaminhou-se para o bonde cheia de satisfação. Aqueles presentes como que o prendiam mais a ela; como que o ligavam eternamente à sua carne e o faziam entrar no seu sangue.

A sua paixão pelo *chauffeur* durava havia seis meses e encontravam-se pelas bandas da Candelária, em uma casa discreta e limpa, bem frequentada, cheia de precauções para que os frequentadores não se vissem.

Faltava pouco para o encontro e ela aborrecia-se esperando o bonde conveniente. Havia mais impaciência nela que atraso no horário. O veículo chegou em boa hora e Lola tomou-o cheia de ardor e desejo. Havia uma semana que ela não se encontrava com o motorista. A última vez em que se avistaram, nada de mais íntimo lhe pudera dizer. Freitas, ao contrário do costume, passeava com ela; e só lhe fora dado vê-lo soberbo, todo de branco *casquette*, sentado à almofada, com o busto ereto, a guiar maravilhosamente o carro lustroso, impávido, brilhante, cuja niquelagem areada faiscava como prata nova.

Marcava-lhe aquele *rendez-vous* com muita saudade e vontade de vê-lo e agradecer-lhe a imaterial satisfação que a máquina lhe dava. Dentro daquele bonde vulgar, em um instante, ela teve novamente diante dos olhos o automóvel orgulhoso, sentiu a sua trepidação, indício de sua força, e o viu deslizar, silencioso, severo, resoluto e insolente, pelas ruas em fora, dominado pela mão destra do *chauffeur* que ela amava.

Logo ao chegar, perguntou à dona da casa se o dr. José estava. Soube que chegara mais cedo e já fora para o quarto. Não se demorou muito conversando com a patroa e correu ao aposento.

De fato, José estava lá. Fosse calor, fosse vontade de ganhar tempo, o certo é que já havia tirado de cima de si o principal vestuário. Assim que a viu entrar, sem se erguer da cama, disse:

— Pensei que não viesses.

— O bonde custou muito a chegar, meu amor.

Descansou a bolsa, tirou o chapéu com ambas as mãos e foi direita à cama. Sentou-se na borda, cravou o olhar no rosto grosseiro e vulgar do motorista; e, após um instante de contemplação, debruçou-se e beijou-o, com volúpia, demoradamente.

O chauffeur não retribuiu a carícia; ele a julgava desnecessária naquele instante. Nele, o amor não tinha prefácios, nem epílogos; o assunto ataca-se logo. Ela não o conhecia assim: resíduos da profissão e o sincero desejo daquele homem faziam-na carinhosa.

Sem beijá-lo, sentada à borda da cama, esteve um momento a olhar enternecida a má e forte catadura do *chauffeur*. José começava a impacientar-se com aquelas filigranas. Não compreendia tais rodeios que lhe pareciam ridículos.

— Despe-te!

Aquela impaciência agradava-lhe e ela quis saboreá-la mais. Levantou-se sem pressa, começou a desabotoar-se devagar, parou e disse com meiguice:

— Trago-te uma coisa.
— Que é? — Fez ele logo.
— Adivinha!
— Dize lá de uma vez.

Lola procurou a bolsa, abriu-a devagar e de lá retirou a cigarreira. Foi até o leito e entregou-a ao *chauffeur*. Os olhos do homem incendiaram-se de cupidez; e os da mulher, ao vê-lo satisfeito, ficaram úmidos de contentamento.

Continuou a despir-se e, enquanto isso, ele não deixava de apalpar, de abrir e fechar a cigarreira que recebera. Descalçava os sapatos quando o José lhe perguntou com a sua voz dura e imperiosa:

— Tens passeado muito no "Pope"?
— Deves saber que não. Não o tenho mandado buscar e tu sabes que só saio no teu.
— Não estou mais nele.
— Como?
— Saí da casa... ando agora com um táxi.

Quando o *chauffeur* lhe disse isso, Lola quase desmaiou; a sensação que teve foi de receber uma pancada na cabeça.

Pois então, aquele Deus, aquele dominador, aquele supremo indivíduo descera a guiar um táxi sujo, chacolhante, mal pintado, desses que parecem feitos de folha de flandres! Então ele? Então...

E aquela abundante beleza do automóvel de luxo que tão alta ela via nele, em um instante, em um segundo, de todo se esvaiu. Havia internamente, entre as duas imagens, um nexo que lhe parecia indissolúvel, e o brusco rompimento perturbou-lhe completamente a representação mental e emocional daquele homem.

Não era o mesmo, não era o semideus, ele que estava ali presente; era outro, ou antes, era ele degradado, mutilado, horrendamente mutilado. Guiando um táxi... Meu Deus!

O seu desejo era ir-se, mas, ao lhe vir esse pensamento, o José perguntou:

— Vens ou não vens?

Quis pretextar qualquer coisa para sair; teve medo, porém, do seu orgulho masculino, do despeito de seu desejo ofendido.

Deitou-se a seu lado com muita repugnância e pela última vez.

Miss Edith e seu tio

A pensão familiar "Boa Vista" ocupava uma grande casa da praia do Flamengo, muito feia de fachada, com dois pavimentos, possuindo bons quartos, uns nascidos com o prédio e outros que a adaptação ao seu novo destino fizera surgir com a divisão de antigas salas e a amputação de outros aposentos.

Tinha boas paredes de sólida alvenaria de tijolos e pequenas janelas de portadas de granito e linha reta, que olhavam para o mar e para uma rua lateral, à esquerda.

A construção devia datar de cerca de sessenta anos atrás e, nos seus bons tempos, certamente possuiria, como complemento, uma chácara que se estendia para o lado direito e para os fundos, chácara desaparecida, em cujo chão se erguem atualmente prédios modernos, muito pelintras e enfezados, ao lado da velha, forte e pesadona edificação dos outros tempos.

Os aposentos e corredores da obsoleta moradia tinham uma luz especial, uma quase penumbra, esse toque de sombra do interior das velhas casas, no seio da qual flutuam sugestões e lembranças.

O prédio sofrera acréscimos e mutilações. Da antiga chácara, das mangueiras que a "viração" todas as tardes penteava a alta cabeleira verde, das jaqueiras, de ramos desorientados, das jabuticabeiras, dos sapotizeiros tristes, só restava um tamarineiro no fundo do exíguo quintal, para abrigar nos posmerídios de canícula, sob os ramos que caíam lentamente como lágrimas, algum hóspede sedentário e amoroso da sombra maternal das grandes árvores.

O grande salão da frente — a sala de honra das recepções e bailes — estava dividido em fatias de quartos e dele só ficara, para lembrar o seu antigo e nobre mister, um corredor acanhado, onde os hóspedes se reuniam, após o jantar, conversando sentados em cadeiras de vime, ignobilmente mercenárias.

Dirigia a pensão Mme. Barbosa, uma respeitável viúva de seus cinquenta anos, um tanto gorda e atochada, amável como todas as donas de casas de hóspedes e ainda bem conservada, se bem que houvesse sido mãe muitas vezes, tendo até em sua companhia uma filha solteira, de vinte e poucos anos por aí, Mlle. Irene, que teimava em ficar noiva, de onde em onde, de um dos hóspedes de sua progenitora.

Mlle. Irene, ou melhor, dona Irene, escolhia com muito cuidado os noivos. Procurava-os sempre entre os estudantes que residiam na pensão, e, entre estes, aqueles que estivessem nos últimos anos do curso, para que o noivado não se prolongasse e o noivo não deixasse de pagar a mensalidade à sua mãe.

Isto não impedia, entretanto, que o insucesso viesse coroar os seus esforços. Já fora noiva de um estudante de direito, de um outro de medicina, de um de engenharia e descera até um de dentista sem, contudo, ser levada à presença do pretor por qualquer deles.

Voltara-se agora para os empregados públicos e toda a gente na pensão esperava o seu próximo enlace com o Senhor Magalhães, escriturário da alfândega, hóspede também da "Boa Vista", moço muito estimado pelos chefes, não só pela assiduidade ao emprego como pela competência em coisas de sua burocracia aduaneira e outras mais distantes.

Irene caíra do seu ideal de doutor até aceitar um burocrata, sem saltos, suavemente; e consolava-se interiormente com essa degradação do seu sonho matrimonial, sentindo que o seu namorado era tão ilustrado como muitos doutores e tinha razoáveis vencimentos.

Na mesa, quando a conversa se generalizava, ela via com orgulho Magalhães discutir Gramática com o doutor Benevente, um moço formado que escrevia nos jornais, levá-lo à parede e explicar-lhe tropos de Camões.

E não era só nesse ponto que o seu próximo noivo demonstrava ser forte; ele o era também em Matemática, como provara questionando com um estudante da Politécnica sobre Geometria e com o doutorando Alves altercava sobre a eficácia da vacina, dando a entender que conhecia alguma coisa de Medicina.

Não era, pois, por esse lado do saber que lhe vinha a ponta de descontentamento. De resto, em que pode interessar a uma noiva o saber do noivo?

Aborrecia-lhe um pouco a pequenez do Magalhães, verdadeiramente ridícula e, ainda por cima, o seu canhestrismo de maneiras e vestuário.

Não que ela fosse muito alta, como se pode supor; porém, algo mais do que ele, era Irene fina de talhe, longa de pescoço, ao contrário do futuro noivo que, grosso de corpo e curto de pescoço, ainda parecia mais baixo.

Naquela manhã, quando já se ia em meio dos preparativos do almoço, o tímpano elétrico anunciou estrepitosamente um visitante.

Mme. Barbosa, que superintendia na cozinha o preparo da primeira refeição dos seus hóspedes, àquele apelo da campainha elétrica, de lá mesmo gritou à Angélica:

— Vá ver quem está, Angélica!

Essa Angélica era o braço direito da patroa. Cozinheira, copeira, arrumadeira e lavadeira, exercia alternativamente cada um dos ofícios, quando não dois e mais a um só tempo Muito nova, viera para a casa de Mme. Barbosa ao tempo em que esta não era ainda dona de pensão; e, em companhia dela, ia envelhecendo sem revoltas, nem desgostos ou maiores desejos.

Confidente da patroa e, tendo visto crianças todos os seus filhos, partilhando as alegrias e agruras da casa, recebendo por isso festas e palavras doces de todos, não se julgava bem uma criada, mas uma parenta pobre, a quem as mais ricas haviam recolhido e posto a coberto dos azares da vida inexorável.

Cultivava por Mme. Barbosa uma gratidão ilimitada e procurava com o seu auxílio humilde, minorar as dificuldades da protetora.

Tinha guardado uma ingenuidade e uma simplicidade de criança que, de modo algum, diminuíam a atividade pouco metódica e interesseira dos seus quarenta e tantos anos.

Se faltava a cozinheira, lá estava ela na cozinha; se bruscamente se despedia a lavadeira, lá ia para o tanque; se não havia cozinheira e copeiro, Angélica fazia o serviço de uma e de outro; e sempre alegre, sempre agradecida à Mme. Barbosa, dona Sinhá, como ela chamava e gostava de chamar, não sei por que irreprimível manifestação de ternura e intimidade.

A preta andava lá pelo primeiro andar na faina de arrumar os quartos dos hóspedes mais madrugadores e não ouviu nem o tinir do tímpano, nem a ordem da patroa. Não tardou que a campainha soasse outra vez e desta, imperiosa e autoritária, forte e rude, dando a entender que falava por ela a própria alma impaciente e voluntariosa da pessoa que a tocava.

Sentiu a dona da pensão que o estúpido aparelho lhe queria dizer qualquer coisa importante e não mais esperou a mansa Angélica. Foi em pessoa ver quem batia. Quando atravessou o "salão", reparou um instante na arrumação e ainda ajeitou a palmeirita que, no seu pote de faiança, se esforçava por embelezar a mesa do centro e fazer gracioso todo o aposento.

Prontificou-se em abrir a porta envidraçada e logo encontrou um casal de aparência estrangeira. Sem mais preâmbulos, o cavalheiro foi dizendo com voz breve e de comando:

— Mim quer quarto.

Percebeu Mme. Barbosa que lidava com ingleses e, com essa descoberta, muito se alegrou porque, como todos nós, ela tinha também a imprecisa e parva admiração que os ingleses, com a sua arrogância e língua pouco compreendida, souberam nos inspirar. De resto, os ingleses têm fama de dispor de muito dinheiro e ganhem duzentos, trezentos, quinhentos mil-réis por mês, todos nós logo os supomos dispondo dos milhões dos Rothschilds.

Mme. Barbosa alegrou-se, portanto, com a distinção social de tais hóspedes e com a perspectiva dos extraordinários lucros, que certamente lhe daria a riqueza deles. Apressou-se em ir pessoalmente mostrar a tão nobres personagens os cômodos que havia vagos.

Subiram ao primeiro andar e a dona da pensão apresentou com os maiores gabos um amplo quarto com vista para a entrada da baía — um rasgão na tela mutável do oceano infinito.

— Creio que servirá este. Aqui morou o doutor Elesbão, deputado por Sergipe. Conhecem?

— Oh, não, fez o inglês, secamente.

— Mando pôr uma cama de casal...

Ia continuando Mme. Barbosa, quando o cidadão britânico interrompeu-a, como se estivesse zangado:

— Oh! Mim não é casada. Miss aqui, meu sobrinha.

A miss por aí baixou os olhos cheios de candura e inocência; Mme. Barbosa arrependeu-se da culpa que não tinha, e desculpou-se:

— Perdoe-me... Não sabia...

E ajuntou logo:

— Então querem dois quartos?

A companheira do inglês, até aí muda, respondeu com calor pouco britânico:

— Oh! Sim, senhora!

Mme. Barbosa prontificou-se:

— Tenho, além deste quarto, um outro.

— *Where?* — perguntou o inglês.

— Como? — fez a proprietária.

— Onde? — traduziu miss.

— Ali.

E Mme. Barbosa indicou uma porta quase fronteira à do aposento que mostrara em primeiro lugar. Os olhos do inglês fuzilaram bruscamente de alegria e, nos de miss, houve um relâmpago de satisfação. A um tempo, exclamaram:

— Muito bom!

— *All right!*

Examinaram com pressa os aposentos e já se dispunham a descer quando, no patamar da escada, se encontraram com a Angélica. A preta olhou-os demorada e fixamente, com espanto e respeito; parou extática, como em face de uma visão radiante. À luz mortiça da claraboia empoeirada, ela viu, naqueles rostos muito alvos, naqueles cabelos louros, naqueles olhos azuis, de um azul tão doce e imaterial, santos, gênios, alguma coisa de oratório, de igreja, da mitologia de suas crenças híbridas e ainda selvagens.

Ao fim de instantes de muda contemplação, continuou o seu caminho, carregando baldes, jarros, moringues, inebriada na visão, enquanto a sua patroa e os ingleses iniciaram a descida, durante a qual não se cansou, Mme. Barbosa, de elogiar o sossego e o respeito que havia na sua casa. Mister dizia — *yes*; e miss também — *yes*.

Prometeram mandar as malas no dia seguinte e a dona da pensão, tão comovida e honrada com a futura presença de tão soberbos hóspedes, que nem lhes falou no pagamento adiantado ou fiança.

Na porta da rua, ainda madame se deixou ficar embevecida, contemplando os ingleses. Viu-os entrar no bonde; admirou-lhes o império verdadeiramente britânico com que ordenaram a parada do veículo e a segurança com que se colocaram nele; e só depois de perdê-los de vista foi que leu o cartão que o cavalheiro lhe dera:

— George T. Mac. Nabs — C. E.

Radiante, certa da prosperidade de sua pensão, antevendo a sua futura riqueza e descanso dos seus velhos dias, dona Sinhá, no carinhoso tratamento da Angélica, penetrou pelo interior do casarão adentro com um demorado sorriso nos lábios e uma grande satisfação no olhar.

Quando chegou a hora do almoço, logo que os hóspedes se reuniram na sala de jantar, Mme. Barbosa procurou um pretexto para anunciar aos seus comensais a boa-nova, a notícia maravilhosamente feliz da vinda de dois ingleses para a sua casa de pensão.

Olhando a sala, escolhera a mesa que destinaria ao tio e sobrinha. Ficaria a um canto, bem junto à última janela, que dava para a rua, ao lado, e à primeira que se voltava para o quintal. Era o lugar mais fresco da sala e também o mais cômodo, por ficar bem distante das outras mesas. E, pensando nessa homenagem aos seus novos fregueses, de pé na sala, encostada ao imenso *étagère,* foi que Mme. Barbosa recomendou ao copeiro em voz alta:

— Pedro, amanhã reserve a "mesa das janelas" para os novos hóspedes.

A sala de jantar da pensão "Boa Vista" tinha a clássica mesa de centro e outras pequenas ao redor. Forrada de papel cor-de--rosa com ramagens, era decorada com umas velhas e empoeiradas oleogravuras, representando peças de caça, mortas, entre as quais um coelho que teimava em voltar o ventre encardido para fora do quadro, dando aos fregueses de Mme. Barbosa sugestões de festins luculescos. Havia também algumas de frutas e um espelho oval. Era dos poucos compartimentos da casa que não sofrera alteração, o mais bem iluminado. Tinha três janelas que davam para a rua, à esquerda, e duas outras, com uma porta ao centro, que miravam o quintal, além das comunicações interiores.

Ouvindo tão imprevista recomendação, os hóspedes todos dirigiram o olhar para ela, cheios de estranheza, como querendo perguntar quem eram os hóspedes merecedores de tão excessiva homenagem; mas a pergunta que estava em todos os olhos só foi feita por dona Sofia. Sendo a mais antiga hóspede e possuindo uma razoável renda em prédios e apólices, gozava esta última senhora de uma tal ou qual intimidade com a proprietária. Dessa forma, sem rodeios, suspendendo um instante a refeição já começada, perguntou:

— Quem são esses príncipes, madame?

Mme. Barbosa retrucou bem alto e com certo orgulho:

— Uns ingleses ricos — tio e sobrinha.

Dona Sofia, que farejava desconfiada o contentamento da viúva Barbosa com os novos inquilinos, não pôde evitar um movimento de mau humor: arrebitou mais o nariz, já de si arrebitado, deu um muxoxo e observou:

— Não gosto desses estrangeiros.

Dona Sofia havia sido casada com um negociante português que a deixara viúva rica; por isso, e muito naturalmente, não gostava desses estrangeiros; mas teve logo, para contrariá-la, a opinião do doutor Benevente.

— Não diga tal, Dona Sofia. O que nós precisamos é de estrangeiros... Que venham... Demais, os ingleses são, por todos os títulos, credores da nossa admiração.

De há muito, o doutor procurava captar a simpatia da rica viúva, cuja abastança, famosa na pensão, atraía-o, embora a vulgaridade dela devesse repeli-lo.

Dona Sofia não respondeu à contestação do bacharel e continuou a almoçar, cheia do mais absoluto desdém.

Magalhães, no entanto, julgou-se obrigado a dizer qualquer coisa, e o fez nestes termos:

— O doutor gosta dos ingleses; pois olhe, não simpatizo com eles... Um povo frio, egoísta.

— É um engano, veio com pressa Benevente. A Inglaterra está cheia de grandes estabelecimentos de caridade, de instrução, criados e mantidos pela iniciativa particular... Os ingleses não são esses egoístas que dizem. O que eles não são é esses sentimentais piegas que nós somos, choramingas e incapazes. São fortes e...

— Fortes! Uns ladrões! Uns usurpadores! — exclamou o Major Melo.

Melo era um empregado público, promovido, guindado pela República, que impressionava à primeira vista pelo seu aspecto de candidato à apoplexia. Quem lhe visse o rosto sanguíneo, o pescoço taurino, não lhe podia vaticinar outro fim. Morava com a mulher na pensão, desde que casara as filhas; e, tendo sido auxiliar, ou coisa que valha do marechal Floriano, guardava no espírito aquele jacobinismo do 93, jacobinismo de exclamações e objurgatórias, que era o seu modo habitual de falar.

Benevente, muito calmo, sorrindo com ironia superior, como se estivesse a discutir em uma academia, com outro confrade, foi ao encontro do adversário furioso:

— Meu caro senhor, é lei do mundo: os fortes devem vencer os fracos. Estamos condenados...

O bacharel usava e abusava desse fácil darwinismo de segunda mão; era o seu sistema favorito, com o qual se dava ares de erudição superior. A bem dizer, nunca lera Darwin e confundia o que o próprio sábio inglês chama de metáforas, com realidades, existências, verdades inconcussas. Do que a crítica tem oposto aos exageros dos discípulos de Darwin, dos seus amplificadores literários ou sociais, do que, enfim, se vem chamando as limitações do darwinismo, ele nada sabia, mas falava com a segurança de inovador de há quarenta anos passados e ênfase de bacharel recente, sem as hesitações e dúvidas do verdadeiro estudioso, como se tivesse entre as mãos a explicação cabal do mistério da vida e das sociedades. Essa segurança, certamente inferior, dava-lhe força e o impunha aos tolos e néscios; e, só uma inteligência mais fina, mais apta a desmontar máquinas de embuste, seria capaz de fazer reservas discretas aos méritos de Benevente. Na pensão, porém, onde as não havia, todos recebiam aquelas afirmações como ousadias inteligentes, sábias e ultramodernas.

Melo, ouvindo a afirmação do doutor, não se conteve, exaltou-se e exclamou:

— É por isso que não progredimos... Homens há, como o senhor, que dizem tais coisas... Nós precisávamos de Floriano... Aquele sim...

O nome de Floriano era para Melo uma espécie de amuleto patriótico, de égide da nacionalidade. O seu gênio político seria capaz de fazer todos os milagres, de realizar todos os progressos e modificações na índole do país.

Benevente não lhe deixou muito tempo e objetou, pondo de lado a parte de Floriano:

— É um fato, meu caro senhor. O nosso amor à verdade leva-nos a tal convicção. Que se há de fazer? A Ciência prova.

A palavra altissonante de Ciência, pronunciada naquela sala mediocremente espiritual, ressoou com estridências de clarim a anunciar vitória. Dona Sofia virou-se e olhou com espanto o bacharel; Magalhães abaixou afirmativamente a cabeça; Irene arregalou os olhos; e Mme. Barbosa deixou de arrumar as xícaras de chá no *étagère*.

Melo não discutiu mais e Benevente continuou a exaltar as virtudes dos ingleses. Todos concordaram com ele sobre os grandes méritos do povo britânico: a sua capacidade de iniciativa, a sua audácia comercial, industrial e financeira, a sua honestidade, a sua lealdade e, sobretudo, rematou Florentino: a sua moralidade.

— Na Inglaterra, afirmou este último, os rapazes se casam tão puros como as raparigas.

Irene enrubesceu ligeiramente e dona Sofia levantou-se estrepitosamente, arrastando a cadeira em que estava sentada.

Florentino, hóspede quase sempre mudo, era um velho juiz de direito aposentado, espiritista convencido, que vagava no mundo o olhar perdido de quem perscruta o invisível.

Não percebeu que a sua afirmação havia escandalizado as senhoras e continuou serenamente:

— Lá não há esse nosso desregramento, essa falta de respeito, essa impudicícia de costumes... Há moral... O senhor quer ver uma coisa: outro dia fui ao teatro. Quer saber o que me aconteceu? Não pude ficar lá... Era tal a imoralidade que...

— Que peça era, doutor? — indagou Mme. Barbosa.

— Não sei bem... Era *Iaiá me deixe*.

— Ainda não vi, disse candidamente Irene.
— Pois não vá, menina! — fez com indignação o doutor Florentino. Não se esqueça do que Marcos diz: "Qualquer que fizer a vontade de Deus, esse é meu irmão, e minha irmã, e minha mãe, isto é, de Jesus".
Florentino gostava dos Evangelhos e os citava a cada passo, com ou sem propósito.
Alguns hóspedes levantaram-se, muitos já se tinham retirado. A sala esvaziava-se e não tardou que o jovem Benevente se erguesse também e saísse. Antes passeou pela sala o seu olhar de pequeno símio, cheio de pequeninas espertezas, rematou sentenciosamente:
— Todos os povos fortes, como os homens, são morais, isto é, são castos, doutor Florentino. Concordo com o senhor.
Conforme tinham prometido, no dia seguinte, vieram as malas dos ingleses; mas não apareceram nesse dia na sala de jantar, nem em outras partes da pensão se mostraram aos hóspedes.
Só no outro dia imediato, pela manhã, à hora do almoço, foram vistos. Entraram sem descansar o olhar sobre ninguém; cumprimentaram entre os dentes e foram sentar-se no lugar que Mme. Barbosa lhes indicou.
Como parecessem não gostar dos pratos que lhes foram apresentados, dona Sinhá apressou-se em ir receber as suas ordens e logo se pôs a par de suas exigências e correu à cozinha para as providências necessárias.
Miss Edith, como se soube mais tarde chamar-se a moça inglesa, e o tio comiam calados, lendo cada um para o seu lado, desinteressados de toda a sala.
Vendo dona Sofia os rapapés que a dona da pensão fazia ao par albiônico, não pôde deixar de dar um muxoxo, que era o seu modo costumeiro de criticar e desprezar.
Todos, porém, olhavam de soslaio para os dois, sem ânimo de dirigir-lhes a palavra ou fixá-los mais demoradamente. Assim foi o primeiro e nos dias que se seguiram. A sala fez-se silenciosa; as conversas bulhentas cessaram; e, se alguém queria pedir qualquer coisa ao copeiro, falava baixo. Era como se de todos se tivesse apossado a emoção que a presença dos ingleses trouxera ao débil e infantil espírito da preta Angélica.

Os hóspedes acharam neles não sei o que de superior, de superterrestre; deslumbraram-se e acharam-se de um respeito religioso diante daquelas banalíssimas criaturas nascidas em uma ilha da Europa ocidental.

A moça, mais que o homem, inspirava esse respeito. Ela não tinha a fealdade habitual das inglesas de exportação. Era até bem gentil de rosto, com uma boca leve e uns lindos cabelos louros, a puxar para o veneziano de fogo. As suas atitudes eram graves e os seus movimentos lentos, sem preguiça ou indolência. Vestia-se com simplicidade e discreta elegância.

O inglês era outra coisa: brutal de modos e fisionomia. Posava sempre de Lord Nelson ou duque de Wellington; olhava todos com desdém e superioridade esmagadora e realçava essa sua superioridade não usando ceroulas, ou vestindo blusas de jogadores de *golf* ou bebendo cerveja com rum.

Não se ligaram a ninguém na pensão e todos suportavam aquele desprezo como justo e digno de entes tão superiores.

Nem mesmo à tarde, quando, após o jantar, vinham todos, ou quase, para a sala da frente, eles se dignavam trocar palavras com os companheiros de casa. Afastavam-se e iam para a porta da rua, onde se mantinham geralmente calados: o inglês fumando, com os olhos semicerrados, como se incubasse pensamentos transcendentes; e miss Edith, com o cotovelo direito apoiado no braço da cadeira e a mão na face, olhando as nuvens, o céu, as montanhas, o mar, todos esses mistérios fundidos na hora misteriosa do crepúsculo, como se o quisesse absorver, decifrá-lo e tirar dele o segredo das coisas futuras. Os poetas que passassem no bonde, certamente, veriam nela uma casta druidesa, uma Veleda, descobrindo naquele instante imperecível o que havia de ser pelos dias vindouros em fora.

Eram assim na pensão, onde faziam trabalhar as imaginações no imenso campo do sonho. Benevente julgava-os nobres, um duque e sobrinha; tinham o ar de raça, maneiras de comando, depósito da hereditariedade secular dos seus ancestrais, começando por algum vagabundo companheiro de Guilherme da Normandia; Magalhães pensava-os parentes dos Rothschilds; Mme. Barbosa supunha Mr. Mac. Nabs gerente de um banco, metendo todos os dias as mãos em tesouros da gruta de Ali-Babá; Irene admitia que ele fosse um almirante, viajando por todos os mares da Terra, a bordo de poderoso couraçado; Florentino, que consultara os espaços, sabia-os protegidos por um espírito superior; e o próprio Melo calara a sua indignação jacobina para admirar as fortes botas do inglês, que pareciam durar a eternidade.

Todo o tempo em que estiveram na pensão, o sentimento, que a respeito deles dominava os seus companheiros de casa, não se modificou. Até em alguns cresceu, solidificou-se, cristalizou-se em uma admiração beata e a própria dona Sofia, vendo que a sua consideração na casa não diminuía, partilhou a admiração geral.

Em Angélica, a coisa tomara feição intensamente religiosa. Pela manhã, quando levava chocolate ao quarto da miss, a pobre preta entrava medrosa, tímida, sem saber como tratar a moça, se de dona, se de moça, se de patroa, se de minha Nossa Senhora.

Muitas vezes temia interromper-lhe o sono, quebrar-lhe o sereno encanto do rosto adormecido na moldura dos cabelos louros. Deixava o chocolate sobre a mesa de cabeceira; a infusão esfriava e a pobre negra era mais tarde repreendida, em uma algaravia ininteligível, pela deusa que ela adorava. Não se emendava, porém; e, se encontrava a inglesa dormindo, a emoção do momento apagava a lembrança da repreensão. Angélica deixava o chocolate a esfriar, não despertava a moça e era de novo repreendida.

Em uma dessas manhãs, em que a preta foi levar o chocolate à sobrinha de Mr. George, com grande surpresa sua, não a encontrou no quarto. Em começo pensou que estivesse no banheiro; mas havia passado por ele e o vira aberto. Onde estaria? Farejou um milagre, uma ascensão aos céus, por entre nuvens douradas; e a miss bem o merecia, com o seu rosto tão puramente oval e aqueles olhos de céu sem nuvens...

Premida pelo serviço, Angélica saiu do aposento da inglesa; e foi nesse instante que viu a santa sair do quarto do tio, em trajes de dormir. O espanto foi imenso, a sua ingenuidade dissipou-se e a verdade queimou-lhe os olhos. Deixou-a entrar no quarto e, cá no corredor, mal equilibrando a bandeja nas mãos, a deslumbrada criada murmurou entre os dentes:

— Que pouca vergonha! Vá a gente fiar-se nesses estrangeiros... Eles são como nós...

E continuou pelos quartos, no seu humilde e desprezado mister.

Todos os Santos, Rio de Janeiro, março, 1914.

O PECADO

Quando naquele dia São Pedro despertou, despertou risonho e de bom humor. E, terminados os cuidados higiênicos da manhã, ele se foi à competente repartição celestial buscar ordens do Supremo e saber que almas chegariam na próxima leva.

Em uma mesa longa, larga e baixa, um grande livro aberto se estendia e debruçado sobre ele, todo entregue ao serviço, um guarda-livros punha em dia a escrituração das almas, de acordo com as mortes que anjos mensageiros e noticiosos traziam de toda a extensão da terra. Da pena do encarregado celeste escorriam grossas letras, e de quando em quando ele mudava a caneta para melhor talhar um outro caráter caligráfico.

Assim páginas ia ele enchendo, enfeitadas, iluminadas em os mais preciosos tipos de letras. Havia, no emprego de cada um deles, uma certa razão de ser e entre si guardavam tão feliz disposição que encantava o ver uma página escrita do livro. O nome era escrito em bastardo, letra forte e larga; a filiação em gótico, tinha um ar religioso, antigo, as faltas, em bastardo e as qualidades em ronde arabescado.

Ao entrar são Pedro, o escriturário do Eterno; voltou-se, saudou-o e, à reclamação da lista d'almas pelo santo, ele respondeu com algum enfado (enfado do ofício) que viesse à tarde buscá-la.

Aí pela tardinha, ao findar a escrita, o funcionário celeste (um velho jesuíta encanecido no tráfico de açúcar da América do Sul) tirava uma lista explicativa e entregava a são Pedro a fim de se preparar convenientemente para receber os ex-vivos no dia seguinte.

Dessa vez; ao contrário de todo o sempre, são Pedro, antes de sair, leu de antemão a lista; e essa sua leitura foi útil, pois que se a não fizesse talvez, dali em diante, para o resto das idades — quem sabe? —; o Céu ficasse de todo estragado. Leu são Pedro a relação: havia muitas almas, muitas mesmo, delas todas, à vista das explicações apensas, uma lhe assanhou o espanto e a estranheza. Leu novamente. Vinha assim:

P. L. C., filho de.... neto de.... bisneto de... — Carregador, quarenta e oito anos. Casado. Casto. Honesto. Caridoso. Pobre de espírito. Ignaro. Bom como são Francisco de Assis. Virtuoso como são Bernardo e meigo como o próprio Cristo. É um justo.

Deveras, pensou o Santo Porteiro, é uma alma excepcional; com tão extraordinárias qualidades bem merecia assentar-se à direita do Eterno e lá ficar, *per saecula saeculorum,* gozando a glória perene de quem foi tantas vezes santo...

— E por que não ia? — deu-lhe vontade de perguntar ao seráfico burocrata.

— Não sei, retrucou-lhe este. Você sabe, acrescentou, sou mandado...

— Veja bem nos assentamentos. Não vá ter você se enganado. Procure, retrucou por sua vez o velho pescador canonizado.

Acompanhado de dolorosos rangidos da mesa, o guarda-livros foi folheando o enorme *Registro* até encontrar a página própria, onde com certo esforço achou a linha adequada e com o dedo afinal apontou o assentamento e leu alto:

— P. L. C., filho de... neto de... bisneto de... — Carregador. Quarenta e oito anos. Casado. Honesto. Caridoso. Leal. Pobre de espírito. Ignaro. Bom como são Francisco de Assis. Virtuoso como são Bernardo e meigo como o próprio Cristo. É um justo.

Levando o dedo pela pauta horizontal e nas "Observações", deparou qualquer coisa que o fez dizer de súbito:

— Esquecia-me... Houve engano. É! Foi bom você falar. Essa alma é a de um negro. Vai para o purgatório.

Revista Sousa Cruz, Rio, agosto, 1924.

Uma noite no lírico

Poucas vezes ia ao antigo d. Pedro II, e as poucas em que lá fui, era das galerias que assistia ao espetáculo.

Munido do competente bilhete, às oito horas, entrava, subia, procurava o lugar marcado e, nele, mantinha-me, durante a representação. De forma que aquela sociedade brilhante que eu via formigar nos camarotes e nas cadeiras, me aparecia distante, colocada muito afastada de mim, em lugar inacessível, no fundo de cratera de vulcão extinto. Cá do alto, debruçado na grade, eu sorvia o vazio da sala com a volúpia de uma atração de abismo. As casacas corretas, os uniformes aparatosos, as altas *toilettes* das senhoras, semeadas entre eles, tentavam-me, hipnotizavam-me. Decorava os movimentos, os gestos dos cavalheiros e procurava descobrir a harmonia oculta entre eles e os risos e os ademanes das damas.

Nos intervalos, encostado a uma das colunas que sustentam o teto, observando os camarotes, apurava o meu estudo do *hors-ligne*, do distinto, com os espectadores que ficavam nas lojas.

Via correrem-se-lhes os reposteiros, e os cavalheiros bem encasacados, juntarem os pés, curvarem ligeiramente o corpo, apertarem ou mesmo beijarem a mão das damas que se mantinham eretas, encostadas a uma das cadeiras, de costas para a sala, com o leque em uma das mãos caídas ao longo do corpo. Quantas vezes não tive ímpetos de ali mesmo, com risco de parecer doido ao polícia vizinho, imitar aquele cavalheiro?

Quase tomava notas, desenhava esquemas da postura, das maneiras, das mesuras do elegante senhor...

Havia naquilo tudo, na singular concordância dos olhares e gestos, dos ademanes e posturas dos interlocutores, uma relação oculta, uma vaga harmonia, uma deliciosa equivalência que, mais do que o espetáculo do palco, me interessavam e seduziam. E tal era o ascendente que tudo isso tinha sobre o meu espírito que, ao chegar em casa, antes de deitar, quase repetia, com o meu velho chapéu de feltro, diante do meu espelho ordinário, as performances do cavalheiro.

Quando cheguei ao quinto ano do curso e os meus destinos me impuseram, resolvi habilitar-me com uma casaca e uma assinatura de cadeira do Lírico. Fiz consignações e toda a espécie de agiotagem com os meus vencimentos de funcionário público e para lá fui.

Nas primeiras representações, pouco familiarizado com aquele mundo, não tive grandes satisfações; mas, por fim, habituei-me.

As criadas não se fazem em instantes duquesas? Eu me fiz logo homem de sociedade.

O meu colega Cardoso, moço rico, cujo pai enriquecera na indústria das indenizações, muito concorreu para isso.

Fora simples a ascensão do pai à riqueza. Pelo tempo do governo provisório, o velho Cardoso pedira concessão para instalar uns poucos de burgos agrícolas, com colonos javaneses, nas nascentes do Purus; mas, não os tendo instalado no prazo, o governo seguinte cassou o contrato. Aconteceu, porém, que ele provou ter construído lá um rancho de palha. Foi para os tribunais que lhe deram ganho de causa, e recebeu de indenização cerca de quinhentos contos.

Encarregou-se o jovem Cardoso de me apresentar ao "mundo", de me informar sobre toda aquela gente. Lembro-me bem que, certa noite, me levou ao camarote dos viscondes de Jacarepaguá. A viscondessa estava só; o marido e a filha tinham ido ao *buffet*. Era a viscondessa uma senhora idosa, de traços empastados, sem relevo algum, de ventre proeminente, com um *pince-nez* de ouro trepado sobre o pequeno nariz e sempre a agitar o cordão de ouro que prendia um grande leque rococó.

Quando entramos, estava sentada, com as mãos unidas sobre o ventre, tendo o fatal leque entre elas, o corpo inclinado para trás e a cabeça a repousar sobre o espaldar da cadeira. Mal desmanchou a posição em que estava, respondeu maternalmente aos cumprimentos, e interrogou o meu amigo sobre a família.

— Não desceram de Petrópolis, este ano?

— Meu pai não tem querido... Há tanta bexiga...
— Que medo tolo! Não acha doutor? Dirigindo-se a mim.
Respondi:
— Penso assim também, viscondessa.
Ela ajuntou então:
— Olhe, doutor... como é a sua graça?
— Bastos, Frederico.
— Olhe, doutor Frederico; lá em casa, havia uma rapariga... uma negra... boa rapariga...

E, por aí, desandou a contar a história vulgar de uma pessoa que trata de outra atacada de moléstia contagiosa e não apanha doença, enquanto a que foge, vem a morrer dela.

Depois da sua narração, houve um curto silêncio; ela, porém, o quebrou:

— Que tal, o tenor?
— É bom, disse o meu amigo. Não é de primeira ordem, mas se o pode ouvir...
— Ah! O Tamagno! — suspirou a viscondessa.
— O câmbio está mau, refleti; os empresários não podem trazer notabilidades.
— Nem tanto, doutor! Quando estive na Europa, pagava por um camarote quase a mesma coisa que aqui... Era outra cousa! Que diferença!

Como houvessem anunciado o começo do ato seguinte, despedimo-nos. No corredor, encontramos o visconde e a filha. Cumprimentamo-nos rapidamente e descemos para as cadeiras.

Meu companheiro, segundo a praxe elegante e desgraciosa, não quis entrar logo. Era mais *chic* esperar o começo do ato... Eu, porém, que era novato, fui tratando de abancar-me. Ao entrar, na sala, dei com o Alfredo Costa, o que me causou grande surpresa, por sabê-lo, apesar de rico, o mais feroz inimigo daquela gente toda.

Não foi durável o meu espanto. Juvenal tinha posto a casaca e cartola, para melhor zombar, satirizar e estudar aquele meio.

— De que te admiras? Venho a este barracão imundo, feio, pechisbeque, que faz todo o Brasil roubar, matar, prevaricar, adulterar, a fim de rir-me dessa gente que tem as almas candidatas ao pez ardente do inferno. Onde estás?

Disse-lhe eu, ao que ele me convidou:

— Vem para junto de mim... Ao meu lado, a cadeira está vazia e o dono não virá. É a do Abrantes que me avisou disso, pois, no fim do primeiro ato, me disse que tinha de estar em certo lugar especial... Vem que o lugar é bom para observar.

Aceitei. Não tardou que o ato começasse e a sala se enchesse... Ele logo que a viu assim, falou-me:

— Não te dizia que, daqui, tu poderias ver quase toda a sala?

— É verdade! Bela casa!

— Cheia, rica! observou o meu amigo com um acento sarcástico.

— Há muito que não via tanta gente poderosa e rica reunida.

— E eu há muito tempo que não via tantos casos notáveis da nossa triste humanidade. Estamos como que diante de vitrinas de um museu de casos de patologia social.

Estivemos calados, ouvindo a música; mas, ao surgir na boca de um camarote, à minha direita, já pelo meio do ato, uma mulher, alta, esguia, de grande porte, cuja tez moreno-claro e as joias rutilantes saíam muito friamente do fundo negro do vestido, discretamente decotado em quadrado, eu perguntei:

— Quem é?

— Não conheces? A Pilar, a "Espanhola".

— Ah! Como se consente?

— É um lugar público... Não há provas... Demais, todas as "outras" a invejavam... Tem joias caras, carros, palacetes...

— Já vens tu...

— Ora! Queres ver? Vê o sexto camarote de segunda ordem, contando de lá para cá! Viste?

— Vi.

— Conheces a senhora que lá está?

— Não, respondi.

— É a mulher do Aldong, que não tem rendimentos, sem profissão conhecida ou com a vaga de que trata de negócios. Pois bem: há mais de vinte anos, depois de ter gasto a fortuna da mulher, ele a sustenta como um nababo. Adiante, embaixo, no camarote de primeira Ordem, vês aquela moça que está com a família?

— Vejo. Quem é?

— É a filha do doutor Silva a quem, certo dia, encontraram, em uma festa campestre, naquela atitude que Anatole France, em um dos Bergerets, diz ter alguma coisa de luta e de amor... E os homens não ficam atrás...
— És cruel!
— Repara naquele que está na segunda fila, quarta cadeira, primeira classe. Sabes de que vive?
— Não.
— Nem eu. Mas, ao que corre, é banqueiro de casa de jogo. E aquele general, acolá? Quem é?
— Não sei.
— O nome não vem ao caso; mas sempre ganhou as batalhas... nos jornais. Aquele almirante que tu vês, naquele camarote, possui todas as bravuras, menos a de afrontar os perigos do mar. Mais além, está o desembargador Genserico...

Consta não pôde acabar. O ato terminava: palmas entrelaçavam-se, bravos soavam. A sala toda era uma vibração única de entusiasmo. Saímos para o saguão e eu me pus a ver todos aqueles homens e mulheres tão maldosamente catalogados pelo meu amigo. Notei-lhe as feições transtornadas, o tormento do futuro, a certeza da instabilidade de suas posições. Vi todos eles a arrombar portas, arcas, sôfregos, febris, preocupados por não fazer bulha, a correr à menor que fosse...

E ali, entre eles, a "Espanhola" era a única que me aparecia calma, segura dos dias à vir, sem pressa, sem querer atropelar os outros, com o brilho estranho da pessoa humana que pode e não se atormenta...

Como o "Homem" chegou

"Deus está morto; a sua piedade pelos homens matou-o."

Nietzsche

I

A polícia da República, como toda a gente sabe, é paternal e compassiva no tratamento das pessoas humildes que dela necessitam; e sempre, quer se trate de humildes, quer de poderosos, a velha instituição cumpre religiosamente a lei. Vem-lhe daí o respeito que aos políticos os seus empregados tributam e a procura que ela merece desses homens, quase sempre interessados no cumprimento das leis que discutem e votam.

O caso que vamos narrar não chegou ao conhecimento do público, certamente devido à pouca atenção que lhe deram os repórteres; e é pena, pois, se assim não fosse, teriam nele encontrado pretexto para *clichês* bem macabramente mortuários que alegrassem as páginas de suas folhas volantes.

O delegado que funcionou na questão talvez não tivesse notado o grande alcance de sua obra; e tanto isso é de admirar quanto as consequências do fato concordam com luxuriantes sorites de um filósofo sempre capaz de sugerir, do pé para a mão, novíssimas estéticas aos necessitados de apresentá-las ao público bem informado.

Sabedores de acontecimento de tal monta, não nos era possível deixar de narrá-lo com alguma minudência, para edificação dos delegados passados, presentes e futuros.

Naquela manhã, tinha a delegacia um movimento desusado. Passavam-se semanas sem que houvesse uma simples prisão, uma pequena admoestação. A circunscrição era pacata e ordeira. Pobre, não havia furtos; sem comércio, não havia gatunos; sem indústria, não havia vagabundos, graças à sua extensão e aos capoeirões que lá havia; os que não tinham domicílio arranjavam-no facilmente em choças ligeiras sobre chãos de outros donos mal conhecidos.

Os regulamentos policiais não encontravam emprego; os funcionários do distrito viviam descansados e, sem desconfiança, olhavam a população do lugarejo. Compunha-se o destacamento de um cabo e três soldados; todos os quatro, gente simples, esquecida de sua condição de sustentáculos do Estado.

O comandante, um cabo gordo que falava arrastando a voz, com a cantante preguiça de um carro de bois a chiar, habitava com a família um rancho próximo e plantava ao redor melancias, colhendo-as de polpa bem rosada e doce, pelo verão inflexível da nossa terra. Um dos soldados tecia redes de pescaria, chumbava-as com cuidado para dar cerco às tainhas; e era de vê-las saltar por cima do fruto de sua indústria com a agilidade de acrobatas, agilidade surpreendente naqueles entes sem mãos e pernas diferenciadas. Um outro camarada matava o ócio pescando de caniço e quase nunca pescava crocorocas, pois diante do mar, da sua infinita grandeza, distraía-se, lembrando-se das quadrinhas que vinha compondo em louvor de uma beleza local.

Tinham também os inspetores de polícia essa concepção idílica, e não se aborreciam no morno vilarejo. Conceição, um deles, fabricava carvão e os plantões os fazia junto às caieiras, bem protegidas por cruzes toscas para que o tinhoso não entrasse nelas e fabricasse cinza em vez do combustível das engomadeiras. Um seu colega, de nome Nunes, aborrecido com o ar elísico daquela delegacia, imaginou quebrá-lo e lançou o jogo do bicho. Era uma coisa inocente: o mínimo da pule, um vintém; o máximo, duzentos réis, mas, ao chegar a riqueza do lugar, aí pelo tempo do caju, quando o sol saudoso da tarde dourava as areias e os frutos amarelos e vermelhos mais se intumesciam nos cajueiros frágeis, jogavam-se pules de dez tostões.

Vivia tudo em paz; o delegado não aparecia. Se o fazia de mês em mês, de semestre em semestre, de ano em ano, logo perguntava: houve alguma prisão? Respondiam alvissareiros: não, doutor; e a fronte do doutor se anuviava, como se sentisse naquele desuso do xadrez a morte próxima do Estado, da Civilização e do Progresso.

De onde em onde, porém, havia um caso de defloramento e este era o delito, o crime, a infração do lugarejo — um crime, uma infração, um delito muito próprio do Paraíso, que o tempo, porém, levou a ser julgado pelos policiais, quando, nas primeiras eras das nossas origens bíblicas, o fora pelo próprio Deus.

Em geral, os inspetores por eles mesmos resolviam o caso; davam paternos conselhos suasórios e a lei sagrava o que já havia sido abençoado pelas prateadas folhas das imbaúbas, nos capoeirões cerrados.

Não quis, porém, o delegado deixar que os seus subordinados liquidassem aquele caso. A paciente era filha do Sambabaia, chefe político do partido do senador Melaço; e o agente era eleitor do partido contrário a Melaço. O programa do partido de Melaço era não fazer coisa alguma e o do contrário tinha o mesmo ideal; ambos, porém, se diziam adversários de morte e essa oposição, refletindo-se no caso, embaraçava sobremodo o subdelegado.

Interrogado, confessara-se o agente pronto a reparar o mal; e, desde há muito, a paciente dera a tal respeito a sua indispensável opinião.

A autoridade, entretanto, hesitava, por causa da incompatibilidade política do casal. As audiências se sucediam e aquela era já a quarta. Estavam os soldados atônitos com tanta demora, provinda de não saber bem o delegado se, unindo mais uma vez o par, não iria o caso desgostar Melaço e mesmo o seu adversário Jati — ambos senadores poderosos, aquele do governo e este da oposição; e, desgostar qualquer deles punha em perigo o seu emprego porque, quase sempre entre nós, a oposição passa a ser governo e o governo oposição instantaneamente. O consentimento dos rapazes não bastava ao caso; era preciso, além, uma reconciliação ou uma simples adesão política.

Naquela manhã, o delegado tomava mais uma vez o depoimento do agente, inquirindo-o desta forma:

— Já se resolveu?

— Pois não, doutor. Estou inteiramente a seu dispor...

— Não é bem ao meu. Quero saber se o senhor tem tenção?

— De que, doutor? De casar? Pois não, doutor.

— Não é de casar... Isto já sei... É...

— Mas de que deve ser então, doutor?

— De entrar para o partido do doutor Melaço.

— Eu sempre, doutor, fui pelo doutor Jati. Não posso...

— Que tem uma coisa com a outra? O senhor divide o seu voto: a metade dá para um e a outra metade para outro. Está aí!

— Mas como?

— Ora! O senhor saberá arranjar as coisas da melhor forma; e, se o fizer com habilidade, ficarei contente e o senhor será feliz, porquanto pode arranjar tanto com um como com outro, conforme andar a política no próximo quatriênio, um lugar de guarda dos mangues.

— Não há vaga, doutor.

— Qual! Há sempre vaga, meu caro. O Felizardo não se tem querido alistar, não nasceu aqui, é de fora, é "estrangeiro"; e, dessa maneira, não pode continuar a fiscalizar os mangues. É vaga certa. O senhor adere ou antes: divide a votação?

— Divido então...

— Pois então...

Por aí, um dos inspetores veio avisar de que o guarda civil de nome Hane lhe queria falar. O doutor Cunsono estremeceu. Era coisa do chefe, do geral lá de baixo; e, de relance, viu o seu hábil trabalho de harmonizar Jati e Melaço perdido inteiramente, talvez por causa de não ter, naquele ano, efetuado sequer uma prisão. Estava na rua, suspendeu o interrogatório e veio receber o visitador com muita angústia no coração. Que seria?

— Doutor, foi logo dizendo o guarda, temos um louco.

Diante daquele caso novo, o delegado quis refletir, mas logo o guarda emendou:

— O doutor Sili...

Era assim o nome do ajudante do geral inacessível; e dele, os delegados têm mais medo do que do chefe supremo todo-poderoso.

Hane continuou:

— O doutor Sili mandou dizer que o senhor o prendesse e o enviasse à central.

Cunsono pensou bem que esse negócio de reclusão de loucos é por demais grave e delicado e não era propriamente da sua competência fazê-lo, a menos que fossem sem eira nem beira ou ameaçassem a segurança pública. Pediu a Hane que o esperasse e foi consultar o escrivão. Este serventuário vivia ali de mau humor. O sossego da delegacia o aborrecia, não porque gostasse da agitação pela agitação, mas pelo simples fato de não perceber emolumentos ou quer que seja, tendo que viver de seus vencimentos. Aconselhou-se com ele o delegado e ficou perfeitamente informado do que dispunham a lei e a praxe. Mas Sili...

Voltando à sala, o guarda reiterou as ordens do auxiliar, contando também que o louco estava em Manaus. Se o próprio Sili não o mandava buscar, elucidou o guarda, era porque competia a Cunsono deter o "homem", porquanto a sua delegacia tinha costas do oceano e de Manaus se vinha por mar.

— É muito longe, objetou o delegado.

O guarda teve o cuidado de explicar que Sili já vira a distância no mapa e era bem reduzida: obra de palmo e meio. Cunsono perguntou ainda:

— Qual a profissão do "homem"?
— É empregado da delegacia fiscal.
— Tem pai?
— Tem.

Pensou o delegado que competia ao pai o pedido de internação, mas o guarda adivinhou-lhe o pensamento e afirmou:

— Eu o conheço muito e meu primo é cunhado dele.

Estava já Cunsono irritado com as objeções do escrivão e desejava servir a Sili, tanto mais que o caso desafiava a sua competência policial. A lei era ele; e mandou fazer o expediente.

Após o que, tratou Cunsono de ultimar o enlace de Melaço e Jati, por intermédio do casamento da filha do Sambabaia. Tudo ficou assentado da melhor forma; e, em pequena hora, voltava o delegado para as ruas onde não policiava, satisfeito consigo mesmo e com a sua tríplice obra, pois não convém esquecer a sua caridosa intervenção no caso do louco de Manaus.

Tomava a condução que o devia trazer à cidade, quando a lembrança do meio de transporte do demente lhe foi presente. Ao guarda civil, ao representante de Sili na zona, perguntou por esse instante:

— Como há de vir o "sujeito"?

O guarda, sem atender diretamente à pergunta, disse:

— É... É, doutor; ele está muito furioso.

Cunsono pensou um instante, lembrou-se dos seus estudos e acudiu:

— Talvez um couraçado... O "Minas Gerais" não serve? Vou requisitá-lo.

Hane, que tinha prática do serviço e conhecimento dos compassivos processos policiais, refletiu:

— Doutor: não é preciso tanto. O "carro-forte" basta para trazer o "homem".

Concordou Cunsono e olhou as alturas um instante sem notar as nuvens que vagavam sem rumo certo, entre o céu e a terra.

II

Sili, o doutor Sili, bem como Cunsono, graças à prática que tinham do ofício, dispunham da liberdade dos seus pares com a maior facilidade. Tinham substituído os graves exames íntimos provocados pelos deveres de seus cargos, as perigosas responsabilidades que lhes são próprias, pelo automático ato de uma assinatura rápida. Era um contínuo trazer um ofício, logo, sem bem pensar no que faziam, sem lê-lo até, assinavam e ia com essa assinatura um sujeito para a cadeia, onde ficava aguardando que se lembrasse de retirá-lo de lá a sua mão distraída e ligeira.

Assim era; e foi sem dificuldade que atendeu ao pedido de Cunsono no que toca ao carro-forte. Prontamente deu as ordens para que fosse fornecida a seu colega a masmorra ambulante, pior do que masmorra, do que solitária, pois nessas prisões sente-se ainda a algidez da pedra, alguma coisa ainda de meiguice de sepultura, mas ainda assim meiguice; mas, no tal carro feroz, é tudo ferro, há inexorável antipatia do ferro na cabeça, ferro nos pés, aos lados uma igaçaba de ferro em que se vem sentado, imóvel, e para a qual se entra pelo próprio pé. É blindada e quem vai nela, levado aos trancos e barrancos de seu respeitável peso e do calçamento das vias públicas, tem a impressão de que se lhe quer poupar a morte por um bombardeio de grossa artilharia para ser empalado aos olhos de um sultão. Um requinte de potentado asiático.

Essa prisão de Calístenes, blindada, chapeada, couraçada, foi posta em movimento; e saiu, abalando o calçamento, a chocalhar ferragens, a trovejar pelas ruas afora em busca de um inofensivo.

O "homem", como dizem eles, era um ente pacato, lá dos confins de Manaus, que tinha a mania da Astronomia e abandonara, não de todo, mas quase totalmente, a terra pelo céu inacessível. Vivia com o pai velho nos arrabaldes da cidade e construíra na chácara de sua residência um pequeno observatório, onde montou lunetas que lhe davam pasto à inocente mania. Julgando insuficientes o olhar e as lentes, para chegar ao perfeito conhecimento da Aldebarã longínqua, atirou-se ao cálculo, à inteligência pura, à matemática e a estudar com afinco e fúria de um doido ou de um gênio.

Em uma terra inteiramente entregue à chatinagem e à veniaga, Fernando foi tomando a fama de louco, e não era ela sem algum motivo. Certos gestos, certas despreocupações e mesmo outras manifestações mais palpáveis pareciam justificar o julgamento comum; entretanto, ele vivia bem com o pai e cumpria os seus deveres razoavelmente. Porém, parentes oficiosos e outros longínquos aderentes entenderam curá-lo, como se se curassem assomos de alma e anseios de pensamento.

Não lhes vinha tal propósito de perversidade inata, mas de estultice congênita, juntamente com a comiseração explicável em parentes. Julgavam que o ser descompassado envergonhava a família e esse julgamento era reforçado pelos cochichos que ouviam de alguns homens esforçados por parecerem inteligentes.

O mais célebre deles era o doutor Barrado, um catita do lugar, cheiroso e apurado no corte das calças. Possuía esse doutor a obsessão das coisas extraordinárias, transcendentes, sem par, originais; e, como sabia Fernando simples e desdenhoso pelos mandões, supôs que ele, com esse procedimento, censurava Barrado por demais mesureiro com os magnates. Começou, então, Barrado a dizer que Fernando não sabia astronomia; ora, este último não afirmava semelhante coisa. Lia, estudava e contava o que lia, mais ou menos o que aquele fazia nas salas, com os ditos e opiniões dos outros.

Houve quem o desmentisse; teimava, no entanto, Barrado no propósito. Entendeu também de estudar uma astronomia e bem oposta à de Fernando: a astronomia do centro da Terra. O seu compêndio favorito era *A Morgadinha de Val-Flor* e os livros auxiliares: *A dama de Monsoreau* e *O rei dos grilhetas*, em uma biblioteca de Herschell.

Com isto, e cantando, e espalhando que Fernando vivia nas tascas com vagabundos, auxiliado pelo poeta Machino, o jornalista Cosmético e o antropologista Tucolas, que fazia sábias mensurações nos crânios das formigas, conseguiu remover os simplórios parentes de Fernando, e foi bastante que, de parente para conhecido, de conhecido para Hane, de Hane, para Sili e Cunsono, as coisas se encadeassem e fosse obtida a ordem de partida daquela fortaleza couraçada, roncando pelas ruas, chocalhando ferragens, abalando calçadas, para ponto tão longínquo.

Quando, porém, o carro chegou à praça mais próxima, foi que o cocheiro lembrou-se de que não lhe tinham ensinado onde ficava Manaus. Voltou e Sili, com a energia de sua origem britânica, determinou que fretassem uma falua e fossem a reboque do primeiro paquete.

Sabedor do caso e como tivesse conhecimento de que Fernando era desafeto do poderoso chefe político Sofonias, Barrado que, desde muito, lhe queria ser agradável, calou o seu despeito, apresentou-se pronto para auxiliar a diligência. Esse chefe político dispunha de um prestígio imenso e nada entendia de astronomia; mas, naquele tempo, era a ciência da moda e tinham em grande consideração os membros da Sociedade Astronômica, da qual Barrado queria fazer parte.

Sofonias influía nas eleições da Sociedade, como em todas as outras, e podia determinar que Barrado fosse escolhido. Andava, portanto, o doutor captando a boa vontade da potente influência eleitoral, esperando obter, depois de eleito, o lugar de Diretor Geral das Estrelas de Segunda Grandeza.

Não é de estranhar, pois, que aceitasse tão árdua incumbência e, com Hane e carrião, veio até à praia; mas não havia canoa, caíque, bote, jangada, catraia, chalana, falua, lancha, calunga, poveiro, peru, macacuano, pontão, alvarenga, saveiro, que os quisesse levar a tais alturas.

Hane desesperava, mas o companheiro, lembrando-se dos seus conhecimentos de Astronomia, indicou um alvitre:

— O carro pode ir boiando.

— Como, doutor? É de ferro... muito pesado, doutor!

— Qual o quê! O "Minas", o "Aragón", o "São Paulo" não boiam? Ele vai, sim!

— E os burros?

— Irão a nadar, rebocando o carro.

Curvou-se o guarda diante do saber do doutor e deixou-lhe a missão confiada, conforme as ordens terminantes que recebera.

A calistênica entrou pela água adentro, consoante as ordens promanadas do saber de Barrado e, logo que achou água suficiente, foi ao fundo com grande desprezo pela hidrostática do doutor. Os burros, que tinham sempre protestado contra a física do jovem sábio, partiram os arreios e salvaram-se; e graças a uma poderosa cábrea, pôde a almanjarra ser salva também.

Havia poucos paquetes para Manaus e o tempo urgia. Barrado tinha ordem franca de fazer o que quisesse. Não hesitou e, energicamente, fez reparar as avarias e tratou de embarcar num paquete todo o trem, fosse como fosse.

Ao embarcá-lo, porém, surgiu uma dúvida entre ele e o pessoal de bordo. Teimava Barrado que o carro merecia ir para um camarote de primeira classe, teimavam os marítimos que isso não era próprio, tanto mais que ele não indicava o lugar dos burros.

Era difícil essa questão da colocação dos burros. Os homens de bordo queriam que fossem para o interior do navio; mas, objetava o doutor:

— Morrem asfixiados, tanto mais que são burros e mesmo por isso.

De comum acordo, resolveram telegrafar a Sili para resolver a curiosa contenda. Não tardou viesse a resposta, que foi clara e precisa: "Burros sempre em cima. Sili".

Opinião como esta, tão sábia e tão verdadeira, tão cheia de filosofia e sagacidade da vida, aliviou todos os corações e abraços fraternais foram trocados entre conhecidos e inimigos, entre amigos e desconhecidos.

A sentença era de Salomão e houve mesmo quem quisesse aproveitar o apotegma para construir uma nova ordem social.

Restava a pequena dificuldade de fazer entrar o carro para o camarote do doutor Barrado. O convés foi aberto convenientemente, teve a sala de jantar mesas arrancadas e o bendegó ficou no centro dela, em exposição, feio e brutal, estúpido e inútil, como um monstro de museu.

O paquete moveu-se lentamente em demanda da barra. Antes fez uma doce curva, longa, muito suave, reverente a beleza da Guanabara. As gaivotas voavam tranquilas, cansavam-se, pousavam na água — não precisavam de terra...

A cidade sumia-se vagarosamente e o carro foi atraindo a atenção de bordo.

— O que vem a ser isto?

Diante da almanjarra, muitos viajantes murmuravam protestos contra a presença daquele estafermo ali; outras pessoas diziam que se destinava a encarcerar um bandoleiro da Paraíba; outras que era um salva-vidas; mas, quando alguém disse que aquilo ia acompanhando um recomendado de Sofonias, a admiração foi geral e imprecisa.

Um oficial disse:

— Que construção engenhosa!

Um médico afirmou:

— Que linhas elegantes!

Um advogado refletiu:

— Que soberba criação mental!

Um literato sustentou:

— Parece um mármore de Fídias!

Um sicofanta berrou:

— É obra mesmo de Sofonias! Que republicano!

Uma moça adiantou:

— Deve ter sons magníficos!

Houve mesmo escala para dar ração aos burros, pois os mais graduados se disputavam a honraria. Um criado, porém, por ter, passado junto ao monstro e o olhado com desdém, quase foi duramente castigado pelos passageiros. O ergástulo ambulante vingou-se do serviçal; durante todo o trajeto perturbou-lhe o serviço.

Apesar de ir correndo a viagem sem mais incidentes, quis ao meio dela Barrado desembarcar e continuá-la por terra. Consultou, nestes termos, Sili: "Melhor carro ir terra, faltam três dedos, mar alonga caminho"; e a resposta veio depois de alguns dias: "Não convém desembarque embora mais curto carro chega sujo. Siga".

Obedeceu e o meteorito, durante duas semanas, foi objeto da adoração do paquete. Nos últimos dias, quando um qualquer dos passageiros dele se acercava, passava-lhe pelo dorso negro a mão espalmada com a contrição religiosa de um maometano ao tocar na pedra negra da Caaba.

Sofonias, que nada tinha com o caso, não teve nunca notícia dessa tocante adoração.

III

Muito rica é Manaus, mas, como em todo o Amazonas, nela é vulgar a moeda de cobre. É um singular traço de riqueza que muito impressiona o viajante, tanto mais que não se quer outra e as rendas do Estado são avultadas. O Eldorado não conhece o ouro, nem o estima.

Outro traço de sua riqueza é o jogo. Lá, não é divertimento nem vício; é, para quase todos, profissão. O valor dos noivos, segundo dizem, é avaliado pela média das paradas felizes que fazem, e o das noivas pelo mesmo processo no tocante aos pais.

Chegou o navio a tão curiosa cidade quinze dias após fazendo uma plácida viagem, com o fetiche a bordo. Desembarcá-lo foi motivo de absorvente cogitação para o doutor Barrado. Temia que fosse de novo ao fundo, não porque o quisesse encaminhá-lo por sobre as águas do rio Negro; mas, pelo simples motivo de que, sendo o cais flutuante, o peso do carrião talvez trouxesse desastrosas consequências para ambos, cais e carro.

O capataz não encontrava perigo algum, pois desembarcavam e embarcavam pelos flutuantes volumes pesadíssimos, toneladas até.

Barrado, porém, que era observador, lembrava-se da aventura do rio, e objetou:

— Mas não são de ferro.
— Que tem isso? fez o capataz.

Barrado, que era observador e inteligente, afinal compreendeu que um quilo de ferro pesa tanto quanto um de algodão; e só se convenceu inteiramente disso, como observador que era, quando viu o ergástulo em salvamento, rolando pelas ruas da cidade.

Continuou a ser ídolo e o doutor agastou-se deveras porque o governador visitou a caranguejola, antes que ele o fizesse.

Como não tivesse completas as instruções para detenção de Fernando, pediu-as a Sili. A resposta veio num longo telegrama, minucioso e elucidativo. Devia requisitar força ao governador, arregimentar capangas e não desprezar as balas de alteia. Assim fez o comissário. Pediu uma companhia de soldados, foi às alfurjas da cidade catar bravos e adquirir uma confeitaria de alteia. Partiu em demanda do "homem" com esse trem de guerra; e, pondo-se cautelosamente em observação, lobrigou os óculos do observatório, donde concluiu que a sua força era insuficiente. Normas para o seu procedimento requereu a Sili. Vieram secas e peremptórias: "Empregue também artilharia".

De novo pôs-se em marcha com um parque do Krupp. Desgraçadamente, não encontrou o homem perigoso. Recolheu a expedição a quartéis; certo dia, quando de passeio, por acaso, foi parar a um café do centro comercial. Todas as mesas estavam ocupadas; e só em uma delas havia um único consumidor. A esta ele sentou-se. Travou por qualquer motivo conversa com o mazombo; e, durante alguns minutos, aprendeu com o solitário alguma coisa.

Ao despedirem-se, foi que ligou o nome à pessoa, e ficou atarantado sem saber como proceder no momento. A ação, porém, lhe veio prontamente; e, sem dificuldade, falando em nome da lei e da autoridade, deteve o pacífico ferrabrás em um dos bailéus do cárcere ambulante.

Não havia paquete naquele dia e Sili havia recomendado que o trouxessem imediatamente. "Venha por terra," disse ele; e Barrado, lembrado do conselho, tratou de segui-lo. Procurou quem o guiasse até ao Rio, embora lhe parecesse curta e fácil a viagem. Examinou bem o mapa e, vendo que a distância era de palmo e meio, considerou que dentro dela não lhe cabia o carro. Por este e aquele, soube que os fabricantes de mapas não têm critério seguro: era fazer uns muito grandes, ou muito pequenos, conforme são para enfeitar livros ou adornar paredes. Sendo assim, a tal distância de doze polegadas bem podia esconder viagem de um dia e mais.

Aconselhado pelo cocheiro, tomou um guia e encontrou-o no seu antigo conhecido Tucolas, sabedor como ninguém do interior do Brasil, pois o palmilhara à cata de formigas para bem firmar documentos às suas investigações antropológicas.

Aceitou a incumbência o curioso antropologista de himenópteros, aconselhando, entretanto, a modificação do itinerário.

— Não me parece, senhor Barrado, que devamos atravessar o Amazonas. Melhor seria, senhor Barrado, irmos até a Venezuela, alcançar as Guianas e descermos, senhor Barrado.

— Não teremos rios a atravessar, Tucolas?

— Homem! Meu caro senhor, eu não sei bem; mas, senhor Barrado me parece que não, e sabe por quê?

— Por quê?

— Por quê? Porque este Amazonas, senhor Barrado, não pode ir até lá, ao norte, pois só corre de oeste para leste...

Discutiram assim sabiamente o caminho; e, à proporção que manifestava o seu profundo trato com a geografia da América do Sul, mais Tucolas passava a mão pela cabeleira de inspirado.

Achou que os conselhos do doutor eram justos, mas temia as surpresas do carrião. Ora, ia ao fundo, por ser pesado; ora, sendo pesado, não fazia ir ao fundo frágeis flutuantes. Não fosse ele estranhar o chão estrangeiro e pregar-lhe alguma peça? O cocheiro não queria também ir pela Venezuela, temia pisar em terra de gringos e encarregou-se da travessia do Amazonas — o que foi feito em paz e salvamento, com a máxima simplicidade.

Logo que foi ultimada, Tucolas tratou de guiar a caravana. Prometeu que o faria com muito acerto e contentamento geral, pois aproveitá-la-ia, dilatando as suas pesquisas antropológicas aos moluscos dos nossos rios. Era sábio naturalista, antropologista e etnografista da novíssima escola do conde de Gobineau, novidade de uns sessenta anos atrás e, desde muito, desejava fazer uma viagem daquelas para completar os seus estudos antropológicos nas formigas e nas ostras dos nossos rios.

A viagem correu maravilhosamente durante as primeiras horas. Sob um sol de fogo, o carro solavancava pelos maus caminhos; e o doente, à míngua de não ter onde se agarrar, ia ao encontro de uma e outra parede de sua prisão couraçada. Os burros, impelidos pelas violentas oscilações dos varais, encontravam-se e repeliam-se, ainda mais aumentando os ásperos solavancos da traquitana; e o cocheiro, na boleia, oscilava de lá para cá, de cá para lá, marcando o compasso da música chocalhante daquela marcha vagarosa.

Na primeira venda que passaram, uma dessas vendas perdidas, quase isoladas, dos caminhos desertos, onde o viajante se abastece e os vagabundos descansam de sua errância pelos descampados e montanhas, o encarcerado foi saudado com uma vaia: ó maluco! ó maluco!

Andava Tucolas distraído a fossar e cavocar, catando formigas; e, mal encontrava uma mais assim, logo examinava bem o crânio do inseto, procurava-lhe os ossos componentes, enquanto não fazia uma mensuração cuidadosa do ângulo de Camper ou mesmo de Cloquet. Barrado, cuja preocupação era ser êmulo do Padre Vieira, aproveitara o tempo para firmar bem as regras de colocação de pronomes, sobretudo a que manda que o "que" atraia o pronome complemento.

E assim andando foi o carro, após dias de viagem, encontrar uma aldeia pobre, à margem de um rio, onde chalanas e naviecos a vapor tocavam de quando em quando.

Cuidaram imediatamente de obter hospedagem e alimentação no lugarejo. O cocheiro lembrou o "homem" que traziam. Barrado, a respeito, não tinha com segurança uma norma de proceder. Não sabia mesmo se essa espécie de doentes comia e consultou Sili, por telegrama. Respondeu-lhe a autoridade, com a energia britânica que tinha no sangue, que não era do regulamento retirar aquela espécie de enfermos do carro, o "ar" sempre lhes fazia mal. De resto, era curta a viagem e tão sábia recomendação foi cegamente obedecida.

Em pequena hora, Barrado e o guia sentavam-se à mesa do professor público, que lhes oferecera de jantar. O ágape ia fraternal e alegre, quando houve a visita da Discórdia, a visita da Gramática.

O ingênuo professor não tinha conhecimento do pichoso saber gramatical do doutor Barrado e expunha candidamente os usos e costumes do lugar com a sua linguagem roceira:

— Há aqui entre nós muito pouco caso pelo estudo, doutor. Meus filhos mesmo e todos quase não querem saber de livros. Tirante este defeito, doutor, a gente quer mesmo o progresso.

Barrado implicou com o "tirante" e o "a gente", e tentou ironizar. Sorriu e observou:

— Fala-se mal, estou vendo.

O matuto percebeu que o doutor se referia a ele. Indagou mansamente:

— Por que o doutor diz isso?

— Por nada, professor. Por nada!

— Creio, aduziu o sertanejo, que, tirante eu, o doutor aqui não falou com mais ninguém.

Barrado notou ainda o "tirante" e olhou com inteligência para Tucolas, que se distraía com um naco de tartaruga.

Observou o caipira, momentaneamente, o afã de comer do antropologista e disse, meigamente:

— Aqui, a gente come muito isso. Tirante a caça e a pesca, nós raramente temos carne fresca.

A insistência do professor sertanejo irritava sobremaneira o doutor inigualável. Sempre aquele "tirante", sempre o tal "a gente, a gente, a gente" — um falar de preto mina! O professor, porém, continuou a informar calmamente:

— A gente aqui planta pouco, mesmo não vale a pena. Felizardo do Catolé plantou uns leirões de horta, há anos, e quando veio o calor e a enchente...

— É demais! É demais! — exclamou Barrado.

Docemente, o pedagogo indagou:

— Por quê? Por que, doutor?

Estava o doutor sinistramente raivoso e explicou-se a custo:

— Então, não sabe? Não sabe?

— Não, doutor. Eu não sei, fez o professor, com segurança e mansuetude.

Tucolas tinha parado de saborear a tartaruga, a fim de atinar com a origem da disputa.

— Não sabe, então, rematou Barrado, não sabe que até agora o senhor não tem feito outra coisa senão errar em português?
— Como, doutor?
— É "tirante", é "a gente, a gente, a gente"; e, por cima de tudo, um solecismo!
— Onde, doutor?
— Veio o calor e a chuva — é português?
— É, doutor; é, doutor! Veja o doutor João Ribeiro! Tudo isso está lá. Quer ver?

O professor levantou-se, apanhou sobre a mesa próxima uma velha gramática ensebada e mostrou a respeitável autoridade ao sábio doutor Barrado. Sem saber desdéns simular, ordenou:
— Tucolas, vamo-nos embora.
— E a tartaruga? — diz o outro.

O hóspede ofereceu-a, o original antropologista embrulhou-a e saiu com o companheiro. Cá fora, tudo era silêncio e o céu estava negro. As estrelas pequeninas piscavam sem cessar o seu olhar eterno para a Terra muito grande. O doutor foi ao encontro da curiosidade recalcada de Tucolas:
— Vê, Tucolas, como anda o nosso ensino? Os professores não sabem os elementos de gramática, e falam como negros de senzala.
— Senhor Barrado, julgo que o senhor deve a esse respeito chamar a atenção do ministro competente, pois me parece que o país, atualmente, possui um dos mais autorizados na matéria.
— Vou tratar, Tucolas, tanto mais que o Semicas é amigo do Sofonias.
— Senhor Barrado, uma coisa...
— Que é?
— Já falou, senhor Barrado, a meu respeito com o senhor Sofonias?
— Desde muito, meu caro Tucolas. Está à espera da reforma do museu e tu vais para lá direitinho. É o teu lugar.
— Obrigado, senhor Barrado. Obrigado.

A viagem continuou monotonamente. Transmontaram serras, vadearam rios e, em um deles, houve um ataque de jacarés, dos quais se salvou Barrado graças à sua pele muito dura. Entretanto, um dos animais de tiro perdeu uma das patas dianteiras e mesmo assim conseguiu pôr-se a salvo na margem oposta.

Sarou-lhe a ferida não se sabe como e o animal não deixou de acompanhar a caravana. Às vezes, distanciava-se; às vezes, aproximava-se; e sempre a pobre alimária olhava longamente, demoradamente, aquele forno ambulante, manquejando sempre, impotente para a carreira, e como se se lastimasse de não poder auxiliar eficazmente o lento reboque daquela almanjarra pesadona.

Em dado momento, o cocheiro avisa Barrado de que o "homem" parecia estar morto; havia até um mau cheiro indicador. O regulamento não permitia a abertura da prisão e o doutor não quis verificar o que havia de verdade no caso. Comia aqui, dormia ali, Tucolas também e os burros também — que mais era preciso para ser agradável a Sofonias? Nada, ou antes: trazer o "homem" até ao Rio de Janeiro. As doze polegadas da sua cartografia desdobravam-se em um infinito número de quilômetros. Tucolas que conhecia o caminho, dizia sempre: estamos a chegar, senhor Barrado! Estamos a chegar! Assim levaram meses andando, com o burro aleijado a manquejar atrás do ergástulo ambulante, olhando-o docemente, cheio de piedade impotente.

Os urubus crocitavam por sobre a caravana, estreitavam o voo, desciam mais, mais, mais, até quase debicar no carro-forte. Barrado punha-se furioso a enxotá-los a pedradas; Tucolas imaginava aparelhos para examinar a caixa craniana das ostras de que andava à caça; o cocheiro obedecia.

Mais ou menos assim, levaram dois anos e foram chegar à aldeia dos Serradores, margem do Tocantins.

Quando aportaram, havia na praça principal uma grande disputa, tendo por motivo o preenchimento de uma vaga na Academia dos Lambrequins.

Logo que Barrado soube do que se tratava, meteu-se na disputa e foi gritando lá a seu jeito e sacudindo as perninhas:

— Eu também sou candidato! Eu também sou candidato!

Um dos circunstantes perguntou-lhe a tempo, com toda a paciência:

— Moço: o senhor sabe fazer lambrequins?

— Não sei, não sei, mas aprendo na academia e é para isso que quero entrar.

A eleição teve lugar e a escolha recaiu sobre um outro mais hábil no uso da serra que o doutor recém-chegado.

Precipitou-se por isso a partida e o carro continuou a sua odisseia, com o acompanhamento do burro, sempre a olhá-lo longamente, infinitamente, demoradamente, cheio de piedade impotente.

Aos poucos os urubus se despediram; e, no fim de quatro anos, o carrião entrou pelo Rio adentro, a roncar pelas calçadas, chocalhando duramente, as ferragens, com o seu manco e compassivo burro a manquejar-lhe à sirga.

Logo que foi chegado, um hábil serralheiro veio abri-lo, pois a fechadura desarranjara-se devido aos trancos e às intempéries da viagem, e desobedecia à chave competente, Sili determinou que os médicos examinassem o doente, exame que, mergulhados numa atmosfera de desinfetantes, foi feito no necrotério público.

Foi este o destino do enfermo pelo qual o delegado Cunsono se interessou com tanta solicitude.

Um especialista

A Bastos Tigre

Era hábito dos dois, todas as tardes, após o jantar, jogar uma partida de bilhar em cinquenta pontos, finda a qual iam, em pequenos passos, até ao largo da Carioca tomar café e licores, e, na mesa do botequim, trocando confidências, ficarem esperando a hora dos teatros, enquanto que, dos charutos, fumaças azuladas espiralavam preguiçosamente pelo ar.

Em geral, eram as conquistas amorosas o tema da palestra; mas, às vezes, incidentemente, tratavam dos negócios, do estado da praça e da cotação das apólices.

Amor e dinheiro, eles juntavam bem e sabiamente.

O comendador era português, tinha seus cinquenta anos, e viera para o Rio aos vinte e quatro, tendo estado antes seis no Recife. O seu amigo, o coronel Carvalho, também era português, viera, porém, aos sete para o Brasil, havendo sido no interior, logo ao chegar, caixeiro de venda, feitor o administrador de fazenda, influência política; e, por fim, por ocasião da bolsa, especulara com propriedades, ficando daí em diante senhor de uma boa fortuna e da patente de coronel da Guarda Nacional. Era um plácido burguês, gordo, ventrudo, cheio de brilhantes, empregando a sua mole atividade na gerência de uma fábrica de fósforos. Viúvo, sem filhos, levava a vida de moço rico. Frequentava *cocottes*; conhecia as escusas casas de *rendez-vous*, onde era assíduo e considerado; o outro, o comendador, que era casado, deixando, porém, a mulher só no vasto casarão do Engenho Velho a se interessar pelos namoricos das filhas, tinha a mesma vida solta do seu amigo e compadre.

Gostava das mulheres de cor e as procurava com o afinco e ardor de um amador de raridades.

À noite, pelas praças mal iluminadas, andava catando-as, joeirando-as com olhos chispantes de lubricidade e, por vezes mesmo, se atrevia a seguir qualquer mais airosa pelas ruas de baixa prostituição.

— A mulata, dizia ele, é a canela, é o cravo, é a pimenta; é, enfim, a especiaria de requeime acre e capitoso que nós, os portugueses, desde Vasco da Gama, andamos a buscar, a procurar.

O coronel era justamente o contrário: só queria as estrangeiras; as francesas e italianas, bailarinas, cantoras, ou simplesmente meretrizes, era o seu fraco.

Entretanto havia já quinze dias, que não se encontravam no lugar aprazado e a faltar era o comendador, a quem o coronel sabia bem por informações do seu guarda-livros.

Ao acabar a segunda semana dessa ausência imprevista, o coronel, maçado e saudoso, foi procurar o amigo na sua loja à rua dos Pescadores. Lá o encontrou amável e de boa saúde. Explicaram-se; e entre eles ficou assentado que se veriam naquele dia, à tarde, na hora e lugar habituais.

Como sempre, jantaram fartamente e regiamente regaram o repasto com bons vinhos portugueses. Jogaram a partida de bilhar e depois, como encarrilhados, seguiram para o café de costume no largo da Carioca.

No princípio, conversaram sobre a questão das minas de Itaoca, vindo então, à baila a inépcia e a desonestidade do governo; mas, logo depois, o coronel que *tinha a pulga atrás da orelha,* indagou do companheiro o motivo de tão longa ausência.

— Oh! Não te conto! Foi um *achado,* a coisa, disse o comendador, depois de chupar fortemente o charuto e soltar uma volumosa baforada; um petisco que encontrei... Uma mulata deliciosa, Chico! Só vendo o que é, disse a rematar, estalando os beiços.

— Como foi isso? — inquiriu o coronel pressuroso. Como foi? Conta lá!

— Assim. A última vez que estivemos juntos, não te disse que no dia seguinte iria a bordo de um paquete buscar um amigo que chegava do Norte?

— Disseste-me. E daí?

— Ouve. Espera. C'os diabos isto não vai a matar! Pois bem, fui a bordo. O amigo não veio... Não era bem meu amigo... Relações comerciais... Em troca...

Por essa ocasião rolou um carro no calçamento. Travou em frente ao café e por ele adentro entrou uma gorda mulher, cheia de plumas e sedas, e para vê-la virou-se o comendador, que estava de costas, interrompendo a narração. Olhou-a e continuou depois:

— Como te dizia: não veio o homem, mas enquanto tomava cerveja com o comissário, vi atravessar a sala uma esplêndida mulata; e tu sabes que eu...

Deixou de fumar e com olhares canalhas sublinhou a frase magnificamente.

— De indagação em indagação, soube que viera com um alferes do Exército; e murmuravam a bordo que a Alice (era seu nome, soube também) aproveitara a companhia, somente para melhor mercar aqui os seus encantos. Fazer a vida... Propositalmente, me pareceu, eu me achava ali e não perdia vaza, como tu vais ver.

Dizendo isto, endireitou o corpo, alçou um tanto a cabeça, e seguiu narrando:

— Saltamos juntos, pois viemos juntos na mesma lancha — a que eu alugara. Compreendes? E, quando embarcamos em um carro, no largo do Paço, para a pensão, já éramos conhecimentos velhos; assim pois...

— E o alferes?

— Que alferes?

— O alferes que vinha com a tua diva, filho? Já te esqueceste?

— Ah! Sim! Esse saltou na lancha do Ministério da Guerra e nunca mais o vi.

— Está direito. Continua lá a coisa.

— E... e... Onde é que estava? Hein?

— Ficaste: quando ao saltar, foram para a pensão.

— É isto! Fomos para a pensão Baldut, no Catete; e foi, pois, assim que me apossei de um lindo primor — uma maravilha, filho, que tem feito os meus encantos nestes quinze dias — com os raros, intervalos em que me aborreço em casa, ou, na loja, já se vê bem.

Repousou um pouco e, retomando logo após a palavra, assim foi dizendo:

— É uma coisa extraordinária! Uma maravilha! Nunca vi mulata igual. Como esta, filho, nem a que conheci em Pernambuco há uns vinte e sete anos! Qual! Nem de longe! Calcula que ela é alta, esguia, de bom corpo; cabelos negros corridos, bem corridos: olhos pardos. É bem fornida de carnes, roliça; nariz não muito afilado, mas bom! E que boca, Chico! Uma boca breve, pequena, com uns lábios roxos, bem quentes... Só vendo mesmo! Só! Não se descreve.

O comendador falara com um ardor desusado nele; acalorara-se e se entusiasmara deveras, a ponto de haver na sua fisionomia estranhas mutações. Por todo ele havia aspecto de um suíno, cheio de lascívia, inebriado de gozo. Os olhos arredondaram-se e diminuíram; os lábios se haviam apertado fortemente e impelidos para diante se juntavam ao jeito de um focinho; o rosto destilava gordura; e, ajudado isto pelo seu físico, tudo nele era de um colossal suíno.

— O que pretendes fazer dela? Dize lá.

— É boa... Que pergunta! Prová-la, enfeitá-la, enfeitá-la, e lançá-la. E é pouco?

— Não! Acho até que te excedes. Vê lá, tu!

— Hein? Oh! Não! Tenho gasto pouco. Um conto e pouco... Uma miséria!

Acendeu o charuto e disse subitamente, ao olhar o relógio:

— Vou buscá-la de carro, porquanto vamos ao cassino e tu me esperas lá, pois tenho um camarote.

— Até já.

Saindo o seu amigo, o coronel considerou um pouco, mandou vir água Apolináris, bebeu e saiu também.

Eram oito horas da noite.

Defronte ao café, o casarão de uma ordem terceira ensombrava a praça parcamente iluminada pelos combustores de gás e por um foco elétrico ao centro. Das ruas que nela terminavam, delgados filetes de gente saíam e entravam constantemente. A praça era como um tanque a se encher e a se esvaziar equitativamente. Os bondes da Jardim semeavam pelos lados a branca luz de seus focos e, de onde em onde, um carro, um tílburi, **a** atravessava célere.

O coronel esteve algum tempo olhando o largo, preparou um novo charuto, acendeu-o, foi até a porta, mirou um e outro transeunte, olhou o céu recamado de estrelas, e, finalmente, devagar, partiu em direção à Lapa.

Quando entrou no cassino, ainda o espetáculo não havia começado. Sentou-se a um banco no jardim, serviu-se de cerveja e entrou a pensar.

Aos poucos, vinham chegando os espectadores. Naquele instante entrava um. Via-se pelo acanhamento, que era um estranho às usanças da casa. Esmerado no vestir, no calçar, não tinha em troca o desembaraço com que se anuncia o *habitué*. Moço, moreno, seria elegante se não fosse a estreiteza de seus movimentos. Era um visitante ocasional, recém-chegado, talvez, do interior, que procurava ali uma curiosidade, um prazer da cidade.

Em seguida, entrou um senhor barbado, de maçãs salientes, rosto redondo, acobreado. Trazia cartola, e pelo ar solene, pelo olhar desdenhoso que atirava em volta, descobria-se nele um legislador da Cadeia Velha, deputado, representante de algum estado do Norte, que, com certeza, há duas legislaturas influía poderosamente nos destinos do país com o seu resignado apoio. E assim, um a um, depois aos magotes, foram entrando os espectadores. Ao fim, na cauda, retardados, vieram os frequentadores assíduos — pessoas variegadas de profissão e moral que com frequência blasonavam saber os nomes das *cocottes*, a proveniência delas e as suas excentricidades libertinas. Entre os que entravam naquele momento, entrara também o comendador e o *achado*.

A primeira parte do espetáculo correra quase friamente.

Todos, homens e mulheres, guardavam as maneiras convencionadas de se estar em público. Era cedo ainda.

Em meio, porém, da segunda, as atitudes mudaram. Na cena, uma delgadinha senhora *(chanteuse á diction* — no cartaz) berrava uma cançoneta francesa. Os espectadores, com batidos das bengalas nas mesas, no assoalho, e com a voz mais ou menos comprometida, estribilhavam-na doidamente. O espetáculo ia no auge. Da sala aos camarotes subia um estranho cheiro — um odor azedo de orgia.

Centenas de charutos e cigarros a fumegar enevoavam todo o ambiente.

Desprendimentos do tabaco, emanações alcoólicas, e, a mais, uma fortíssima exalação de sensualidade e lubricidade, davam à sala o aspecto repugnante de uma vasta bodega.

Mais ou menos embriagado, cada um dos espectadores tinha para com a mulher com quem bebia, gestos livres de alcova. Francesas, italianas, húngaras, espanholas, essas mulheres, de dentro das rendas, surgiam espectrais, apagadas, lívidas como moribundas. Entretanto, ou fosse o álcool ou o prestígio de peregrinas, tinham sobre aqueles homens um misterioso ascendente. À esquerda, na plateia, o majestoso deputado da entrada coçava despudoradamente a nuca da Dermalet, uma francesa; em frente o dr. Castrioto, lente de uma escola superior, babava-se todo a olhar as pernas da cantora em cena, enquanto em um camarote, defronte, o juiz Siqueira apertava-se à Mercedes, uma bailarina espanhola, com o fogo de um recém-casado à noiva.

Um sopro de deboche percorria homem a homem.

Dessa forma, o espetáculo desenvolvia-se no mais fervoroso entusiasmo e o coronel, no camarote, de soslaio, pusera-se a observar a mulata. Era bonita de fato e elegante também. Viera com um vestido creme de pintas pretas, que lhe assentava magnificamente.

O seu rosto harmonioso, enquadrado em um magnífico chapéu de palha preta, saía firme do pescoço roliço que a blusa decotada deixava ver. Seus olhos curiosos, inquietos, voavam de um lado a outro e a tez de bronze novo cintilava à luz dos focos. Através do vestido se lhe adivinhavam as formas; e, por vezes, ao arfar, ela toda trepidava de volúpia...

O comendador pachorrentamente assistia ao espetáculo e, fora do costume, pouco conversou. O amigo, pudicamente não insistiu no exame.

Quando saíram de permeio à multidão, acumulada no corredor da entrada, o coronel teve ocasião de verificar o efeito que fizera a companheira do amigo. Ficando mais atrás, pôde ir recolhendo os ditos e as observações que a passagem deles ia sugerindo a cada um.

Um rapazola dissera:

— Que *mulatão*!
Um outro refletiu:
— Esses portugueses são os demônios para descobrir boas mulatas. É faro.
Ao passarem os dois, alguém, a quem ele não viu, maliciosamente observou:
— Parecem pai e filha.
E essa reflexão de pequeno alcance na boca que a proferiu, calou fundo no ânimo do coronel.
Os queixos eram iguais, as sobrancelhas, arqueadas, também; o ar, um não sei quê de ambos assemelhavam-se... Vagas semelhanças, concluiu o coronel ao sair à rua, quando uma baforada de brisa marinha lhe acariciou o rosto afogueado.
Já o carro rolava rápido pela rua quieta — quietude agora perturbada pelas vozes esquentadas dos espectadores saídos e pelas falsas risadas de suas companheiras — quando o comendador, levantando-se no estrado da carruagem, ordenou ao cocheiro que parasse no hotel, antes de tocar para a pensão. A sala sombria e pobre do hotel tinha sempre por aquela hora uma aparência brilhante. A agitação que ia nela; as sedas roçagantes e os chapéus vistosos das mulheres, a profusão de luzes, o irisado das plumas, os perfumes requintados que voavam pelo ambiente; transmudavam-na de sua habitual fisionomia pacata e remediada. Às pequenas mesas, pejadas de pratos e garrafas, estavam todas elas ocupadas. Em cada, uma ou duas mulheres sentavam-se, seguidas de um ou dois cavalheiros. Sílabas breves do francês, sons guturais do espanhol, dulçorosas terminações italianas, chocavam-se, brigavam.
Do português nada se ouvia, parecia que se escondera de vergonha.
Alice, o comendador e o coronel, sentaram-se a uma mesa redonda em frente à entrada. A ceia foi lauta e abundante. À sobremesa, os três convivas repentinamente animados, puseram-se a conversar com calor. A mulata não gostara do Rio; preferia o Recife. Lá sim! O céu era outro; as comidas tinham outro sabor, melhor e mais quente. Quem não se recordaria sempre de uma frigideira de camarões com maturins ou de um bom feijão com leite de côco?

Depois, mesmo a cidade era mais bonita; as pontes, os rios, o teatro, as igrejas.

E os bairros então? A Madalena, Olinda... No Rio, ela concordava, havia mais povo, mais dinheiro; mas Recife era outra coisa, era tudo...

— Você tem razão, disse o comendador; Recife é mais bonito, e muito mais!...

— O senhor já esteve lá?

— Seis anos, filha, seis anos; e levantou a mão esquerda à altura dos olhos, correu-a pela testa, contornou com ela a cabeça, descansou-a afinal na perna e acrescentou: comecei lá minha carreira comercial e tenho muitas saudades. Onde você morava?

— Ultimamente à rua da Penha, mas nasci na de João de Barro, perto do hospital de Santa Águeda.

— Morei lá também, disse ele distraído.

— Criei-me pelas bandas de Olinda, continuou Alice, e por morte de minha mãe vim para a casa do dr. Hildebrando, colocada pelo Juiz...

— Há muito que tua mãe morreu? — indagou o coronel.

— Há oito anos quase, respondeu ela.

— Há muito tempo, refletiu o coronel; e logo perguntou: que idade tens?

— Vinte e seis anos — fez ela. Fiquei órfã aos dezoito. Durante esses oito anos tenho rolado por esse mundo de Cristo e comido o pão que o diabo amassou. Passando de mão em mão, ora nesta, ora naquela, a minha vida tem sido um tormento. Até hoje só tenho conhecido três homens que me dessem alguma coisa; os outros Deus me livre deles! — só querem meu corpo e o meu trabalho. Nada me davam, espancavam-me, maltratavam-me. Uma vez, quando vivia com um sargento do Regimento de Polícia, ele chegou em casa embriagado, tendo jogado e perdido tudo, queria obrigar-me a lhe dar trinta mil réis, fosse como fosse.

Quando lhe disse que não tinha e o dinheiro das roupas que eu lavava só chegava naquele mês para pagar a casa, ele fez um escarcéu. Descompôs-me. Ofendeu-me. Por fim, cheio de fúria agarrou-me pelo pescoço, esbofeteou-me, deitou-me em terra, deixando-me sem fala e a tratar-me no hospital. Um outro — um malvado em cujas mãos não sei como fui cair — certa vez, altercarmos, e deu-me uma facada do lado esquerdo, da qual ainda tenho sinal!

Ah! Tem sido um tormento... Bem me dizia minha mãe: toma cuidado, minha filha, toma cuidado. Esses homens só querem nosso corpo por segundos, depois vão-se e nos deixam um filho nos quartos, quando não nos roubam como fez teu pai comigo...

— Como?... Como foi isso? interrogou admirado o coronel.

— Não sei bem como foi, retrucou ela. Minha mãe me contava que ela era honesta; que vivia na Cidade do Cabo com seus pais, de cuja companhia fora seduzida por um caixeiro português que lá aparecera e com quem veio para o Recife. Nasci deles e dois meses ou mais depois do meu nascimento, meu pai foi ao Cabo liquidar a herança (um sítio, uma vaca, um cavalo) que coubera à minha mãe por morte de seus pais.

Vindo de receber a herança, partiu dias depois para aqui e nunca mais ela soube notícias dele, nem do dinheiro, que, vendido o herdado, lhe ficara dos meus avós.

— Como se chamava teu pai? indagou o comendador com estranho entono.

— Não me lembra bem; era Mota ou Costa. Não sei... Mas o que é isso? — disse ela de repente, olhando o comendador. Que tem o senhor?

— Nada... Nada... retrucou o comendador experimentando um sorriso. Você não se lembra das feições desse homem? interrogou ele.

— Não me lembro, não. Que interesse! Quem sabe que o senhor não é meu pai? gracejou ela.

O gracejo caiu de chofre naqueles dois espíritos tensos, como uma ducha frigidíssima. O coronel olhava o comendador que tinha as faces em brasa; este, aquele; por fim, em segundos o coronel querendo dar uma saída à situação, simulou rir-se e perguntou:

— Você nunca mais soube alguma coisa... qualquer coisa? Hein?

— Nada... Que me lembre, nada... Ah! Espere... Foi... É. Sim! Seis meses antes da morte de minha mãe, ouvi dizer em casa, não sei por quem, que ele estava no Rio implicado em um caso de moeda falsa. É o que me lembro, disse ela.

— O quê? Quando foi isso? — indagou pressuroso o comendador.

A mulata, que ainda não se havia bem apercebido do estado do comendador, respondeu ingenuamente:

— Mamãe morreu em setembro de 1893, por ocasião da revolta... Ouvi contar essa história em fevereiro. É isso.

O comendador não perdera uma sílaba; e, com a boca meio aberta, parecia querê-las engolir uma a uma; com as faces congestionadas e os olhos esbugalhados, a sua fisionomia estava horrível.

O coronel e a mulata, extáticos, estuporados, entreolhavam-se.

Durante um segundo nada se lhes antolhava fazer. Ficaram como idiotas; em breve, porém, o comendador, em um supremo esforço, disse com voz sumida:

— Meu Deus! É minha filha!

O filho da Gabriela

A Antonio Noronha Santos

Chaque progrès, au fond, est un avortment,
Mais l'échec même sert...

Guyau

— Absolutamente não pode continuar assim... Já passa... É todo o dia! Arre!
— Mas é meu filho, minh'ama.
— E que tem isso? Os filhos de vocês agora têm tanto luxo. Antigamente, criavam-se à toa; hoje, é um deus nos acuda; exigem cuidados, têm moléstias... Fique sabendo: não pode ir amanhã!
— Ele vai melhorando, dona Laura; e o doutor disse que não deixasse de levá-lo lá, amanhã...
— Não pode, não pode, já lhe disse! O conselheiro precisa chegar cedo à escola; há exames e tem que almoçar cedo... Não vai, não senhora! A gente tem criados pra quê? Não vai, não!
— Vou, e vou sim!... Que bobagem!... Quer matar o pequeno, não é? Pois sim... Está-se "ninando"...
— O que é que você disse, hein?
— É isso mesmo: vou e vou!
— Atrevida!
— Atrevida é você, sua... Pensa que não sei...

Em seguida, as duas mulheres se puseram caladas durante um instante: a patroa — uma alta senhora, ainda moça, de uma beleza suave e marmórea — com os lábios finos muito descorados e entreabertos, deixando ver os dentes aperolados, muito iguais, cerrados de cólera; a criada, agitada, transformada, com faiscações desusadas nos olhos pardos e tristes. A patroa não se demorou assim muito tempo. Violentamente contraída naquele segundo a sua fisionomia repentinamente se abriu em um choro convulsivo.

A injúria da criada, decepções matrimoniais, amarguras do seu ideal amoroso, fatalidades de temperamento, todo aquele obscuro drama de sua alma, feito de uma porção de coisas que não chegava bem a colher, mas nas malhas das quais se sentia presa e sacudida, subiu-lhe de repente à consciência, e ela chorou.

Na sua simplicidade popular, a criada também se pôs a chorar, enternecida pelo sofrimento que ela mesma provocara na ama.

E ambas, pelo fim dessa transfiguração inopinada, entreolharam-se surpreendidas, pensando que se acabavam de conhecer naquele instante, tendo ali vagas notícias uma da outra, como se vivessem longe, tão longe, que só agora haviam distinguido bem nitidamente o tom de voz próprio a cada uma delas.

No entendimento peculiar de uma e de outra, sentiram-se irmãs na desoladora mesquinhez da nossa natureza e iguais, como frágeis consequências de um misterioso encadear de acontecimentos, cuja ligação e fim lhes escapavam completamente, inteiramente...

A dona da casa, à cabeceira da mesa de jantar, manteve-se silenciosa, correndo, de quando em quando, o olhar ainda úmido pelas ramagens do atoalhado, indo, às vezes, com ele até a bandeira da porta defronte, donde pendia a gaiola do canário, que se sacudia na prisão niquelada.

De pé, a criada avançou algumas palavras. Desculpou-se inábil e despediu-se humilde.

— Deixe-se disso, Gabriela, disse dona Laura. Já passou tudo; eu não guardo rancor; fique! Leve o pequeno amanhã... Que vai você fazer por esse mundo afora?

— Não senhora... Não posso... É que...

E de um hausto falou com tremuras na voz:

— Não posso, não minh'ama; vou-me embora!

Durante um mês, Gabriela andou de bairro em bairro, à procura de aluguel. Pedia lessem-lhe anúncios, corria, seguindo as indicações, a casas de gente de toda a espécie. Sabe cozinhar? — perguntavam. — Sim, senhora, o trivial. — Bem e lavar? Serve de ama? — Sim, senhora; mas se fizer uma coisa não quero fazer outra. — Então, não me serve, concluía a dona da casa. É um luxo... Depois queixam-se que não têm onde se empreguem...

Procurava outras casas; mas nesta já estavam servidas, naquela o salário era pequeno e naquela outra queriam que dormisse em casa e não trouxesse o filho.

A criança, durante esse mês, viveu relegada a um canto da casa de uma conhecida da mãe. Um pobre quarto de estalagem, úmido que nem uma masmorra. De manhã, via a mãe sair; à tarde, quase à boca da noite, via-a entrar desconfortada. Pelo dia em fora, ficava em um abandono de enternecer. A hóspede, de longe em longe, olhava-o cheia de raiva. Se chorava aplicava-lhe palmadas e gritava colérica: "Arre diabo! A vagabunda de tua mãe anda saracoteando... Cala a boca, demônio! Quem te fez, que te ature...".

Aos poucos, a criança tomou-se de medo; nada pedia, sofria fome, sede, calado. Enlanguescia a olhos vistos, e sua mãe, na caça de aluguel, não tinha tempo para levá-lo ao doutor do posto médico. Baço, amarelado, tinha as pernas que nem palitos e o ventre como o de um batráquio. A mãe notava-lhe o enfraquecimento, os progressos da moléstia e desesperava, não sabendo que alvitre tomar. Um dia pelos outros, chegava em casa semiembriagada, escorraçando o filho e trazendo algum dinheiro. Não confessava a ninguém a origem dele; em outros mal entrava, beijava muito o pequeno, abraçava-o. E assim corria a cidade. Numa destas correrias passou pela porta do conselheiro, que era o marido de dona Laura. Estava no portão, a lavadeira, parou e falou-lhe; nisto, viu aparecer a sua antiga patroa numa janela lateral. "— Bom dia minh'ama." — "Bom dia, Gabriela. Entre." Entrou. A esposa do conselheiro perguntou-lhe se já tinha emprego; respondeu-lhe que não. "Pois olha, disse-lhe, a senhora, eu ainda não arranjei cozinheira, se tu queres..."

Gabriela quis recusar, mas dona Laura insistiu.

Entre elas, parecia que havia agora certo acordo íntimo, um quê de mútua proteção e simpatia. Uma tarde em que dona Laura voltava da cidade, o filho da Gabriela, que estava no portão, correu imediatamente para a moça e disse-lhe, estendendo a mão: "a bênção". Havia tanta tristeza no seu gesto, tanta simpatia e sofrimento, que aquela alta senhora não lhe pôde negar a esmola de um afago, de uma carícia sincera. Nesse dia, a cozinheira notou que ela estava triste e, no dia seguinte, não foi sem surpresa que Gabriela se ouviu chamar.

— Ó Gabriela!
— Minh'ama.
— Vem cá.

Gabriela concertou-se um pouco e correu à sala de jantar, onde estava a ama.

— Já batizaste o teu pequeno? — perguntou-lhe ela ao entrar.
— Ainda não.
— Por quê? Com quatro anos!
— Por quê? Porque ainda não houve ocasião...
— Já tens padrinhos?
— Não, senhora.
— Bem; eu e o conselheiro vamos batizá-lo. Aceitas?

Gabriela não sabia como responder, balbuciou alguns agradecimentos e voltou ao fogão com lágrimas nos olhos.

O conselheiro condescendeu e cuidadosamente começou a procurar um nome adequado. Pensou em Huáscar, Ataliba, Guatemozim; consultou dicionários, procurou nomes históricos, afinal resolveu-se por "Horácio", sem saber por quê.

Assim se chamou e cresceu. Conquanto tivesse recebido um tratamento médico regular e a sua vida na casa do conselheiro fosse relativamente confortável, o pequeno Horácio não perdeu nem a reserva nem o enfezado dos seus primeiros anos de vida. À proporção que crescia, os traços se desenhavam, alguns finos: o corte da testa, límpida e reta; o olhar doce e triste como o da mãe, onde havia, porém, alguma coisa a mais — um fulgor, certas expressões particulares, principalmente quando calado e concentrado. Não obstante, era feio, embora simpático e bom de ver.

Pelos seis anos, mostrava-se taciturno, reservado e tímido, olhando interrogativamente as pessoas e coisas, sem articular uma pergunta. Lá, vinha um dia, porém, que o Horácio rompia numa alegria ruidosa; punha-se a correr, a brincar, a cantarolar, pela casa toda, indo do quintal para as salas, satisfeito, contente, sem motivo e sem causa.

A madrinha espantava-se com esses bruscos saltos de humor, queria entendê-los, explicá-los e começou por se interessar pelos seus trejeitos. Um dia, vendo o afilhado a cantar, a brincar, muito contente, depois de uma porção de horas de silêncio e calma, correu ao piano e acompanhou-lhe a cantiga, depois, emendou com uma ária qualquer. O menino calou-se, sentou-se no chão e pôs-se a olhar, com olhos tranquilos e calmos, a madrinha, inteiramente delido nos sons que saíam dos seus dedos. E quando o piano parou, ele ainda ficou algum tempo esquecido naquela postura, com o olhar perdido em uma cisma sem fim. A atitude imaterial do menino tocou a madrinha, que o tomou ao colo, abraçando-o e beijando-o, em um afluxo de ternura, a que não eram estranhos os desastres de sua vida sentimental.

Pouco depois a mãe lhe morria. Até então vivia em uma semidomesticidade. Daí em diante, porém, entrou completamente na família do conselheiro Calaça. Isso, entretanto, não lhe retirou a taciturnidade e a reserva; ao contrário, fechou-se em si e nunca mais teve crises de alegria.

Com sua mão ainda tinha abandonos de amizade, efusões de carícias e abraços. Morta que ela foi, não encontrou naquele mundo tão diferente, pessoa a quem se pudesse abandonar completamente, embora pela madrinha continuasse a manter uma respeitosa e distante amizade, raramente aproximada por uma carícia, por um afago.

Ia para o colégio calado, taciturno, quase carrancudo, e, se, pelo recreio, o contágio obrigava-o a entregar-se à alegria e aos folguedos, bem cedo se arrependia, encolhia-se e sentava-se, vexado, a um canto. Voltava do colégio como fora, sem brincar pelas ruas, sem traquinadas, severo e insensível. Tendo uma vez brigado com um colega, a professora o repreendeu severamente, mas o conselheiro, seu padrinho, ao saber do caso, disse com rispidez: "Não continue, hein? O senhor não pode brigar — está ouvindo?".

E era assim sempre o seu padrinho, duro, desdenhoso, severo em demasia com o pequeno, de quem não gostava, suportando-o unicamente em atenção à mulher — maluquices da Laura, dizia ele. Por vontade dele, tinha-o posto logo em um asilo de menores, ao morrer-lhe a mãe; mas a madrinha não quis e chegou até a conseguir que o marido o colocasse em um estabelecimento oficial de instrução secundária, quando acabou com brilho o curso primário.

Não foi sem resistência que ele acedeu, mas os rogos da mulher, que agora juntava à afeição pelo pequeno uma secreta esperança no seu talento, tanto fizeram que o conselheiro se empenhou e obteve.

Em começo, aquela adoção fora um simples capricho de dona Laura; mas, com o tempo, os seus sentimentos pelo menino foram ganhando importância e ficando profundos, embora exteriormente o tratasse com um pouco de cerimônia.

Havia nela mais medo da opinião, das sentenças do conselheiro, do que mesmo necessidade de disfarçar o que realmente sentia, e pensava.

Quem a conheceu solteira, muito bonita, não a julgaria capaz de tal afeição; mas, casada, sem filhos, não encontrando no casamento nada que sonhara, nem mesmo o marido, sentiu o vazio da existência, a inanidade dos seus sonhos, o pouco alcance da nossa vontade; e, por uma reviravolta muito comum, começou a compreender confusamente todas as vidas e almas, a compadecer-se e a amar tudo, sem amar bem coisa alguma. Era uma parada de sentimento e a corrente que se acumulara nela, perdendo-se do seu leito natural, extravasara e inundara tudo.

Tinha um amante e já tivera outros, mas não era bem a parte mística do amor que procurara neles. Essa, ela tinha certeza que jamais podia encontrar; era a parte dos sentidos tão exuberantes e exaltados depois das suas contrariedades morais.

Pelo tempo em que o seu afilhado entrara para o colégio secundário, o amante rompera com ela; e isto a fazia sofrer, tinha medo de não possuir mais beleza suficiente para arranjar um outro como "aquele". E a esse desastre sentimental não foi estranha a energia dos seus rogos junto ao marido para admissão do Horácio no estabelecimento oficial.

O Conselheiro, homem de mais de sessenta anos, continuava superiormente frio, egoísta e fechado, sonhando sempre uma posição mais alta ou que julgava mais alta. Casara-se por necessidade decorativa. Um homem de sua posição não podia continuar viúvo; atiraram-lhe aquela menina pelos olhos, ela o aceitou por ambição e ele por conveniência. No mais, lia os jornais, o câmbio especialmente, e, de manhã passava os olhos nas apostilas de sua cadeira — apostilas por ele organizadas, há quase trinta anos, quando dera as suas primeiras lições, moço, de vinte e cinco anos, genial nas aprovações e nos prêmios.

Horácio, toda a manhã, ao sair para o colégio, lá avistava o padrinho atarraxado na cadeira de balanço a ler atentamente o jornal: "A bênção, meu padrinho!" — "Deus te abençoe", dizia ele, sem menear a cabeça do espaldar e no mesmo tom de voz com que pediria os chinelos à criada.

Em geral, a madrinha estava deitada ainda e o menino saía para o ambiente ingrato da escola, sem um adeus, sem dar um beijo, sem ter quem lhe reparasse familiarmente o paletó. Lá ia. A viagem de bonde, ele a fazia humilde, espremido a um canto do veículo, medroso que seu paletó roçasse as sedas de uma rechonchuda senhora ou que seus livros tocassem nas calças de um esquelético capitão de uma milícia qualquer. Pelo caminho, arquitetava fantasias; seu espírito divagava sem nexo. A passagem de um oficial a cavalo, imaginava-se na guerra, feito general, voltando vencedor, vitorioso de ingleses, de alemães, de americanos e entrando pela rua do Ouvidor aclamado como nunca se fora aqui. Na sua cabeça ainda infantil, em que a fraqueza de afetos próximos concentrava o pensamento, a imaginação palpitava, tinha uma grande atividade, criando toda a espécie de fantasmagorias que lhe apareciam como fatos possíveis, virtuais.

Eram-lhe as horas de aula um bem triste momento. Não que fosse vadio, estudava o seu bocado, mas o espetáculo do saber, por um lado grandioso e apoteótico, pela boca dos professores, chegava-lhe tisnado e um quê desarticulado. Não conseguia ligar bem umas coisas às outras, além do que tudo aquilo lhe aparecia solene, carrancudo e feroz. Um teorema tinha o ar autoritário de um régulo selvagem; e aquela gramática cheia de regrinhas, de exceções, uma coisa cabalística, caprichosa e sem aplicação útil.

O mundo parecia-lhe uma coisa dura, cheia de arestas cortantes, governado por uma porção de regrinhas de três linhas, cujo segredo e aplicação estavam entregues a uma casta de senhores, tratáveis uns, secos outros, mas todos velhos e indiferentes.

Aos seus exames ninguém assistia, nem por eles alguém se interessava; contudo, foi sempre regularmente aprovado.

Quando voltava do colégio, procurava a madrinha e contava-lhe o que se dera nas aulas. Narrava-lhe pequenas particularidades do dia, as notas que obtivera e as travessuras dos colegas.

Uma tarde, quando isso ia fazer, encontrou dona Laura atendendo a uma visita. Vendo-o entrar e falar à dona da casa, tomando-lhe a bênção, a senhora estranha perguntou: "Quem é este pequeno!" — "É meu afilhado", disse-lhe dona Laura. "Teu afilhado? Ah! sim! É o filho da Gabriela..."

Horácio ainda esteve um instante calado, estatelado e depois chorou nervosamente.

Quando se retirou observou a visita à madrinha:

— Você está criando mal esta criança. Faz-lhe muitos mimos, está lhe dando nervos...

— Não faz mal. Podem levá-lo longe.

E assim corria a vida do menino em casa do conselheiro.

Um domingo ou outro, só ou com um companheiro, vagava pelas praias, pelos bondes ou pelos jardins. O Jardim Botânico era-lhe preferido. Ele e o seu constante amigo, Salvador, sentavam-se a um banco, conversavam sobre os estudos comuns, maldiziam este ou aquele professor. Por fim, a conversa vinha a enfraquecer; os dois se calavam instantes. Horácio deixava-se penetrar pela flutuante poesia das coisas, das árvores, dos céus, das nuvens; acariciava com o olhar as angustiadas colunas das montanhas, simpatizava com o arremesso dos píncaros, depois deixava-se ficar, ao chilreio do passaredo, cismando vazio, sem que a cisma lhe fizesse ver coisa definida, palpável pela inteligência. Ao fim, sentia-se como que liquefeito, vaporizado nas coisas era como se perdesse o feitio humano e se integrasse naquele verde-escuro da mata ou naquela mancha faiscante de prata que a água a correr deixava na encosta da montanha. Com que volúpia, em tais momentos, ele se via dissolvido na natureza, em estado de fragmentos, em átomos, sem sofrimento, sem pensamento, sem dor! Depois de ter ido ao indefinido, apavorava-se com o aniquilamento e voltava a si, aos seus desejos, às suas preocupações, com pressa e medo.

— Salvador, de que gostas mais, do inglês ou do francês?

— Eu do francês; e tu?

— Do inglês.

— Por quê?

— Porque pouca gente o sabe.

A confidência saía-lhe a contragosto, era dita sem querer. Temeu que o amigo o supusesse vaidoso. Não era bem esse sentimento que o animava; era uma vontade de distinção, de reforçar a sua individualidade, que ele sentia muito diminuída pelas circunstâncias ambientes. O amigo não entrava na natureza do seu sentimento e despreocupadamente perguntou:

— Horácio, já assististe uma festa de São João?
— Nunca.
— Queres assistir uma?
— Quero, onde?
— Na Ilha, em casa de meu tio.

Pela época, a madrinha consentiu. Era um espetáculo novo; era um outro mundo que se abria aos seus olhos. Aquelas longas curvas das praias, que perspectivas novas não abriam em seu espírito! Ele se ia todo nas cristas brancas das ondas e nos largos horizontes que descortinava.

Em chegando a noite, afastou-se da sala. Não entendia aqueles folguedos, aquele dançar sôfrego, sem pausa, sem alegria, como se fosse um castigo. Sentado a um banco do lado de fora, pôs-se a apreciar a noite, isolado, oculto, fugido, solitário, que se sentia ser no ruído da vida. Do seu canto escuro, via tudo mergulhado em uma vaga semiluz. No céu negro, a luz pálida das estrelas; na cidade defronte, o revérbero da iluminação; luz, na fogueira votiva, nos balões ao alto, nos foguetes que espoucavam, nos fogaréus das proximidades e das distâncias — luzes contínuas, instantâneas, pálidas, fortes; e todas no conjunto pareciam representar um esforço enorme para espancar as trevas daquela noite de mistérios.

No seio daquela bruma iluminada, as formas das árvores boiavam como espectros; o murmúrio do mar tinha alguma coisa de penalizado diante do esforço dos homens e dos astros para clarear as trevas. Havia naquele instante, em todas as almas, um louco desejo de decifrar o mistério que nos cerca; e as fantasias trabalhavam para idear meios que nos fizessem comunicar com o Ignorado, com o Invisível. Pelos cantos sombrios da chácara pessoas deslizavam. Iam ao poço ver a sombra — sinal de que viveriam o ano; iam disputar galhos de arruda ao diabo; pelas janelas, deixavam copos com ovos partidos para que o sereno, no dia seguinte, trouxesse as mensagens do Futuro.

O menino, sentindo-se arrastado por aquele frêmito de augúrio e feitiçaria, percebeu bem como vivia envolvido, mergulhado, no indistinto, no indecifrável; e uma onda de pavor, imensa e aterradora, cobriu-lhe o sentimento.

Dolorosos foram os dias que se seguiram. O espírito, sacolejou-lhe o corpo violentamente. Com afinco estudava, lia os compêndios; mas não compreendia, nada retinha. O seu entendimento como que vazava. Voltava, lia, lia e lia e, em seguida, virava as folhas sofregamente, nervosamente, como se quisesse descobrir debaixo delas um outro mundo cheio de bondade e satisfação. Horas havia que ele desejava abandonar aqueles livros, aquela lenta aquisição de noções e ideias, reduzir-se e anular-se; horas havia, porém, que um desejo ardente lhe vinha de saturar-se de saber, de absorver todo o conjunto das ciências e das artes. Ia de um sentimento para outro; e foi vã a agitação. Não encontrava solução, saída; a desordem das ideias e a incoerência das sensações não lhe podiam dar uma, e cavavam-lhe a saúde. Tornou-se mais flébil, fatigava-se facilmente. Amanhecia cansado de dormir e dormia cansado de estar em vigília. Vivia irritado, raivoso, não sabia contra quem.

Certa manhã, ao entrar na sala de jantar, deu com o padrinho a ler os jornais, segundo o seu hábito querido.

— Horácio, você passe na casa do Guedes e traga-me a roupa que mandei consertar.

— Mande outra pessoa buscar.

— O quê?

— Não trago.

— Ingrato! Era de esperar...

E o menino ficou admirado diante de si mesmo, daquela saída de sua habitual timidez.

Não sabia onde tinha ido buscar aquele desaforo imerecido, aquela tola má-criação; saiu-lhe como uma coisa soprada por outro e que ele unicamente pronunciasse.

A madrinha interveio, aplainou as dificuldades; e, com a agilidade de espírito peculiar ao sexo, compreendeu o estado d'alma do rapaz.

Reconstituiu-o com os gestos, com os olhares, com as meias palavras, que percebera em tempos diversos e cuja significação lhe escapara no momento, mas que aquele ato, desusadamente brusco e violento, aclarava por completo. Viu-lhe o sofrimento de viver à parte, a transplantação violenta, a falta de simpatia, o princípio de ruptura que existia em sua alma, e que o fazia passar aos extremos das sensações e dos atos.

Disse-lhe coisas doces, ralhou-o, aconselhou-o, acenou-lhe com a fortuna, a glória e o nome.

Foi Horácio para o colégio abatido, preso de um estranho sentimento de repulsa, de nojo por si mesmo. Fora ingrato, de fato; era um monstro. Os padrinhos lhe tinham dado tudo, educado, instruído. Fora sem querer, fora sem pensar; e sentia bem que a sua reflexão não entrara em nada naquela resposta que dera ao padrinho. Em todo o caso, as palavras foram suas, foram ditas com sua voz e a sua boca, e se lhe nasceram do íntimo sem a colaboração da inteligência, devia acusar-se de ser fundamentalmente mau...

Pela segunda aula, pediu licença. Sentia-se doente, doía-lhe a cabeça e parecia que lhe passavam um archote fumegante pelo rosto.

— Já, Horácio? perguntou-lhe a madrinha, vendo-o entrar.

— Estou doente.

E dirigiu-se para o quarto. A madrinha seguiu-o. Chegado que foi, atirou-se à cama, ainda meio vestido.

— Que é que você tem, meu filho?

— Dores de cabeça... um calor...

A madrinha tomou-lhe o pulso, assentou as costas da mão na testa e disse-lhe ainda algumas palavras de consolação: que aquilo não era nada; que o padrinho não lhe tinha rancor; que sossegasse.

O rapaz, deitado, com os olhos semicerrados, parecia não ouvir; voltava-se de um lado para outro; passava a mão pelo rosto, arquejava e debatia-se. Um instante pareceu sossegar; ergueu-se sobre o travesseiro e chegou a mão aos olhos, no gesto de quem quer avistar alguma coisa ao longe. A estranheza do gesto assustou a madrinha.

— Horácio!... Horácio!...

— Estou dividido... Não sai sangue...

— Horácio, Horácio, meu filho!
— Faz sol... Que sol!... Queima... Árvores enormes... Elefantes...
— Horácio, que é isso? Olha; é tua madrinha!
— Homens negros... fogueiras... Um se estorce... Chi! Que coisa!... O meu pedaço dança...
— Horácio! Genoveva, traga água de flor... Depressa, um médico... Vá chamar, Genoveva!
— Já não é o mesmo... é outro... lugar, mudou... uma casinha branca... carros de bois... nozes... figos... lenços...
— Acalma-te, meu filho!
— Ué! Chi! Os dois brigam...

Daí em diante a prostração tomou-o inteiramente. As últimas palavras não saíam perfeitamente articuladas. Pareceu sossegar. O médico entrou, tomou a temperatura, examinou-o e disse com a máxima segurança:

— Não se assuste, minha senhora. É delírio febril, simplesmente. Dê-lhe o purgante, depois as cápsulas, que, em breve, estará bom.

1906

APÊNDICE

Glossário

Alanceado – que foi atingido por uma lança; atormentado.
Albiônico – relativo a Albion, nome pré-céltico da Grã-Bretanha.
Alfarrábio – livro antigo ou velho.
Alfurjas – saguão interno. Antigamente viela onde se atirava das casas.
Altercação – ação de discutir com impetuosidade.
Anosa – mulher anciã.
Antanho – o que é de outrora. Tempos antigos.
Apalaçar – dar aspecto de palácio.
Apotegma – mesmo que aforismo, dito notável.
Arrepanhar – apanhar; apossar-se.
Avoengos – o que se herdou das avós; antepassado.
Boquejo – ação de bocejar; murmúrio.
Brilhareto – mesmo que brilhar.
Burel – tipo de tecido grosseiro de lã. Roupa de luto.
Calungo – mesmo que camundongo.
Caramanchel – ou caramanchão, abrigo simplório.
Carrança – o que ou aquele que está preso ao passado; antiquado.
Carraspana – diz-se da bebedeira ou repreensão.
Cartapácio – livro grande e antigo. Carta extensa.
Cômoro – mesmo que monte; duna.
Crocoroca – espécie de peixe, que é assim designado por emitir um som semelhante ao seu nome.
Crônicon – ou cronicão, relativo a crônicas medievais.
Ditério – diz-se de dito satírico, caçoada.
Doesto – ação de injúria; insulto.
Enfarar – o que causa tédio; enfastiar.
Entono – altivez; orgulho.
Ergástulo – mesmo que cárcere; ou lugar miserável.
Escacha – fazer com valentia. Grandioso.
Escachoar – ou acachoar, jorrar com força.

Escoimada – o que é censurado; sem culpa.
Esculcar – mesmo que vigiar.
Espenicando – beliscando.
Estultice – significa tolice; estupidez.
Exegeta – que explica cuidadosamente um texto ou obra artística.
Falua – tipo de embarcação com duas velas.
Feudatário – referente ao feudo.
Gretar – rachar; dividir.
Guanches – povo nativo das ilhas Canárias.
Guéridon – ou gueridom, espécie de mesa, normalmente coberta de tampa de mármore, usada em estabelecimentos comerciais.
Hebdomadário – mesmo que semanal. Periódico.
Himenópteros – um dos maiores grupos entre os insetos, compreendendo vespas, abelhas e formigas.
Homofonia – uníssona; afinação.
Igaçaba – tipo de pote grande, de origem indígena, para armazenar água ou condimentos.
Imbaúba – nome de árvore comum no continente americano. Nome popular: árvore-da-preguiça.
Impudicícia – despudor; improbidade.
Incunábulo – designação para os livros do primórdio da imprensa.
Liça – embate; luta.
Luculesco – brilhante; excelente.
Malgaxe – grupo étnico de metade da população da ilha de Madagascar.
Marroquim – tipo de pele ou boda.
Mazombo – tristonho; taciturno.
Mesura – permissão; consentimento.
Misantropia – aversão à pessoas e à convivência social.
Montras – artigos expostos em uma vitrine.
Nigromante – aquele que pratica necromancia.
Opróbrio – desonra, infâmia.
Palafreneiros – garoto responsável por cuidar dos cavalos.
Parlapatão – pessoa que conta mentiras visando se promover.
Patusco – aquele que é divertido, que gosta de brincadeiras.
Pechisbeque – liga metálica que imita ouro. Falso brilho.

Poliandria – casamento de uma mulher com mais de um homem, e ao mesmo tempo.
Revérbero – brilho, resplendor, intensa luminosidade.
Sainete – qualidade positiva de alguma coisa; graça; sabor.
Satrapia – território governado por um sátrapa (homem tirano).
Sezão – febre intermitente.
Sicofanta – delator, impostor.
Simonte – fumo, tabaco.
Sirga – sem impedimento, desgarrado.
Sorite – raciocínio composto de um número indeterminado de proposições.
Tagalo – pessoa natural das Filipinas.
Talar – fazer sulcos em um terreno ou plantação.
Tílburi – cabriolé de dois assentos.
Tisana – medicamento feito com ervas maceradas.
Traquitana – carruagem de quatro rodas para duas pessoas.
Vasconço – linguagem ininteligível.

Guia de Leitura

O PRÉ-MODERNISMO DE LIMA BARRETO

CRISTINA GARÓFALO PORINI[1]

Lima Barreto não foi um sucesso de crítica durante sua vida artística. O motivo é bastante compreensível: o autor não seguia os parâmetros defendidos pela literatura vigente naquele momento. Considerando que o início do século XX é marcado pelo chamado Pré-Modernismo, havia posturas divergentes quanto ao papel que a literatura deveria desempenhar: de um lado, o Realismo, o Naturalismo e o Parnasianismo, defendendo que a arte deveria obedecer a correntes cientificistas como o Positivismo (a teoria de Auguste Comte defende que só pode ser considerado verdadeiro aquilo que se comprova cientificamente por meio de experiências), o Determinismo (a teoria de Hyppolite Taine defende que o homem não tem livre-arbítrio; seu comportamento está, portanto, pré-determinado por três fatores: a raça, o meio e o momento) e o Darwinismo ou Evolucionismo Social (a teoria de Charles Darwin defende a seleção natural de todos os seres vivos e, portanto, o homem é influenciado por instintos animais. Para evoluir, a adaptação ao meio é indispensável: apenas os mais fortes, os que melhor se adaptam, sobrevivem); além disso, era indispensável o rigor no trato com a linguagem, seguindo os padrões da Gramática Normativa. Por outro lado, escritores como Lima Barreto e João do Rio destoavam desse grupo, quebrando regras em relação ao conteúdo e à linguagem.

Quanto ao conteúdo, Lima Barreto inovou ao usar a ironia voltada para a crítica social. Seu texto debochava da elite, indo

---

[1] Graduada em Letras pela Universidade de São Paulo e em Relações Públicas pela Faculdade de Comunicação Social Cásper Líbero, professora de Língua Portuguesa, Literatura e Redação para o ensino médio na rede particular de ensino e em cursos pré-vestibulares, redatora e revisora de textos.

além do que os realistas e os naturalistas pregavam; ele denunciava a desigualdade social, como fez em *Clara dos Anjos*, ao mostrar o tratamento que uma mulher pobre e negra recebia da classe social um pouco mais abastada. A literatura engajada de Lima Barreto se voltava aos desvalidos, àqueles que até então pouco ou raramente estiveram presentes nas páginas de livros. Vale ainda ressaltar a crítica ao panorama brasileiro, como fez ao reprovar o ufanismo em *Triste Fim de Policarpo Quaresma*.

Os contos escritos por Lima Barreto são uma boa oportunidade para captar sua capacidade de crítica em narrativas enxutas. Alguns tornaram-se clássicos, como "O homem que falava javanês" e "A nova Califórnia" — este, inclusive, já serviu de base para telenovela. Em comum, delineia-se o retrato da sociedade brasileira do início do século XX, marcada pela desigualdade social, pela preocupação com a aparência, pelos jogos de interesses, sempre norteado pela via sarcástica do autor.

Em referência à linguagem, Lima Barreto também contribuiu para a literatura, antecipando o que o Modernismo defenderia em sua 1ª Geração (1922–1930). O uso da linguagem fluida, bastante próxima à empregada pelo Jornalismo, foi outro ponto de divergência relacionado aos estilos literários então em voga: era seu estilo escrever de maneira informal, aproximando-se à naturalidade da linguagem falada.

O AUTOR

Afonso Henriques de Lima Barreto nasceu no Rio de Janeiro em 13 de maio de 1881. Seu pai era ex-escravo e o avô, por parte materna, também passou seus dias sob tal condição; vivendo no cenário brasileiro posterior à abolição, sua mãe conseguiu ser professora, mas morreu ainda durante a infância de Lima Barreto. O pai, tipógrafo, conseguiu fazer com que o filho estudasse, sendo custeado pelo padrinho, o Visconde de Ouro Preto.

Foi desse modo que Lima Barreto alcançou sua formação acadêmica bastante sólida. Leitor ávido, estudou no célebre colégio Dom

Pedro II e foi admitido pela Escola Politécnica do Rio de Janeiro. No entanto, em 1904, seu pai foi acometido por acessos de loucura, precisando ser internado; Lima Barreto imediatamente abandonou os estudos, passou a escrever para diversos jornais e revistas, além de ser aprovado em concurso para escrevente de um órgão público. Essa foi a maneira que encontrou para sustentar a família.

Já no ano seguinte, o jornalista se tornou também escritor, com a publicação de *O Subterrâneo do Morro do Castelo*; quatro anos depois, lançou *Recordações do Escrivão Isaías Caminha*, conferindo-lhe certa notoriedade; até o final da vida, produziu bastante — a ponto de ter grande parte de sua obra com publicação póstuma, caso de *Os Bruzundangas*, *Clara dos Anjos* e *Cemitério dos Vivos*, entre outros. Ele se candidatou, inclusive, à Academia Brasileira de Letras em duas ocasiões, o que resultou apenas em uma menção honrosa — fato que Monteiro Lobato associou ao estilo de vida boêmio e ao quadro de saúde de Lima Barreto, conforme correspondência entre ambos.

De fato, Lima Barreto passou por algumas internações em sanatórios, por ser alcoólatra e apresentar quadros de depressão. Faleceu no Rio de Janeiro, em 1º de novembro de 1922, de complicações cardíacas — exatamente no ano em que o Modernismo, já antecipado por sua obra literária, foi iniciado no Brasil.

QUESTIONÁRIO

Sobre o conto "Numa e a Ninfa", responda:

1. Justifique a ocorrência de "Ninfa" no título.

2. Numa pode ser considerado um personagem tipo? Justifique sua resposta com elementos do texto.

Sobre o conto "O jornalista", responda:

3. O que revela sobre os sócios Nabor e Fagundes a escolha do nome "O Arauto" para o jornal?

4. Qual é o juízo feito pelo narrador a respeito dos jornalistas?

Sobre o conto "Nova Califórnia", responda:

5. Interprete o motivo pelo qual Capitão Pelino, o "mestre-escola e redator da Gazeta de Tubiacanga", criticava o químico Raimundo Flamel.

6. Analise o comportamento da população de Tubiacanga após a revelação feita pelo farmacêutico Bastos.

Sobre o conto "Uma noite no lírico", responda:

7. Considerando a disposição física dos espectadores no teatro, qual é o posicionamento do narrador em relação às demais pessoas que lá estão?

8. O que o narrador e Alfredo Costa revelam sobre os espectadores do teatro?

Sobre o conto "O filho de Gabriela", responda:

9. De que modo a mulher é representada em tal conto?

10. O que revela o "delírio febril" sofrido por Horácio?

Questões de vestibular

1. (UFPE – 2012) Lima Barreto foi uma das figuras mais contraditórias e controvertidas da literatura brasileira do início do século XX. Sobre sua obra, podemos dizer o que segue.

( ) Seu conto, *O homem que sabia javanês*, é um relato mordaz sobre um trapaceiro que se passa por tradutor de um idioma exótico.

( ) O autor foi um dos pioneiros no uso do estilo jornalístico na literatura. Com linguagem objetiva e informal, descreve com clareza e simplicidade o cotidiano das classes desfavorecidas, às quais pertencia.

( ) Nos seus escritos, denuncia os problemas políticos e os preconceitos sociais de seu tempo, que ele, como mulato pobre, vivenciou.

( ) Em seu livro mais famoso, *Triste fim de Policarpo Quaresma*, Lima Barreto foca a vida de uma personagem cujo nacionalismo beira a xenofobia. Por trás disso, faz uma grande crítica à política da República Velha.

( ) O romancista transforma o Marechal Floriano Peixoto num grande herói nacional em *Triste fim de Policarpo Quaresma*, atribuindo-lhe um caráter magnânimo e superior.

2. (Enem – 2010)
Texto I

Eu amo a rua. Esse sentimento de natureza toda íntima não vos seria revelado por mim se não julgasse, e razões não tivesse para julgar, que este amor assim absoluto e assim exagerado e partilhado por todos vos. Nós somos irmãos, nós nos sentimos parecidos e iguais; nas cidades, nas aldeias, nos povoados, não porque soframos, com a dor e os desprazeres, a lei e a polícia, mas porque nos une, nivela e agremia o amor da rua. E este mesmo o sentimento imperturbável e indissolúvel, o único que, como a própria vida, resiste as idades e as épocas.

Texto II

A rua dava-lhe uma força de fisionomia, mais consciência dela. Como se sentia estar no seu reino, na região em que era rainha e imperatriz. O olhar cobiçoso dos homens e o de inveja das mulheres acabavam o sentimento de sua personalidade, exaltavam-no até. Dirigiu-se para a rua do Catete com o seu passo miúdo e solido. [...] No caminho trocou cumprimento com as raparigas pobres de uma casa de cômodos da vizinhança.

[...] E debaixo dos olhares maravilhados das pobres raparigas, ela continuou o seu caminho, arrepanhando a saia, satisfeita que nem uma duquesa atravessando os seus domínios.

A experiência urbana e um tema recorrente em crônicas, contos e romances do final do século XIX e início do XX, muitos dos quais elegem a rua para explorar essa experiência. Nos fragmentos I e II, a rua é vista, respectivamente, como lugar que

a) desperta sensações contraditórias e desejo de reconhecimento.

b) favorece o cultivo da intimidade e a exposição dos dotes físicos.

c) possibilita vínculos pessoais duradouros e encontros casuais.

d) propicia o sentido de comunidade e a exibição pessoal.

e) promove o anonimato e a segregação social.

3. (UFU – 2004) Assinale, nas passagens abaixo, extraídas do conto "O homem que sabia javanês", a ÚNICA alternativa em que Lima Barreto NÃO satiriza a ociosidade mental da sociedade brasileira e europeia nem revela a falta de escrúpulo da intelectualidade burguesa.

a) "Acabado o congresso, fiz publicar extratos do artigo do 'Mensageiro de Bale', em Berlim, em Turim e Paris, onde os leitores de minhas obras me ofereceram um banquete, presidido pelo Senador Gorot."

b) "Fui perdendo os remorsos; mas, em todo o caso, sempre tive medo que me aparecesse pela frente alguém que soubesse o tal patuá malaio. E esse temor foi grande, quando o doce barão me mandou com uma carta ao Visconde de Caruru, para que me fizesse entrar na diplomacia."

c) "Passei a ser uma glória nacional e, ao saltar no cais Pharoux, recebi uma ovação de todas as classes sociais e o presidente da República, dias depois, convidava-me para almoçar em sua companhia."

d) "Tive vontade de ir-me embora. Mesmo se não fosse ele o discípulo, era sempre um crime mistificar aquele ancião, cuja velhice trazia à tona do meu pensamento alguma coisa de augusto, de sagrado. Hesitei, mas fiquei."

4. (UFG – 2003) Em "Melhores Contos", de Lima Barreto, aparecem diversas personagens que revelam a visão de mundo do autor. Assim, pode-se afirmar que

( ) a mulher é retratada como um ser em ascensão, que rompe com preconceitos da época e se instala no mercado de trabalho.

( ) o funcionário público é caracterizado como um profissional competente, submisso, explorado, que se torna vítima das próprias condições de trabalho.

( ) o literato é considerado um burocrata, que manifesta uma preocupação exagerada com a rigidez gramatical.

( ) o político é tratado como um cínico que ambiciona o prestígio e o poder, utilizando, para tanto, a corrupção, o empreguismo e o protecionismo.

5. (Mackenzie–1997) Sobre Lima Barreto, é INCORRETO afirmar que:

a) sua linguagem afasta-se dos modelos "bem-comportados" da literatura do final do século XIX.

b) seus personagens são, muitas vezes, representantes das camadas menos favorecidas da sociedade.

c) é estudado como pré-modernista, pois se posiciona de forma crítica diante de um Brasil considerado velho em suas instituições.

d) apresenta, em sua obra, aspectos característicos dos subúrbios do Rio de Janeiro.

e) crítica a sociedade burguesa de uma forma ríspida, agressiva, sem qualquer manifestação de humor, sátira ou ironia.

6. (UFRGS–1996) Assinale a afirmação correta sobre Lima Barreto.

a) *Triste fim de Policarpo Quaresma* narra a trajetória vitoriosa do Major Quaresma em sua luta pela implantação do tupi-guarani como língua oficial do Brasil.

b) *Recordações do escrivão Isaías Caminha* apresenta um painel da vida cultural do Brasil revelando a rivalidade existente entre São Paulo e Rio de Janeiro.

c) Em *Clara dos Anjos*, o autor retrata a vida nos subúrbios do Rio de Janeiro e mostra de forma idealizante as relações entre as classes sociais.

d) O contos *O homem que sabia javanês* narra, num tom satírico, os artifícios utilizados por um homem para tornar-se um falso professor de javanês.

e) A linguagem do autor segue a tradição beletrista do início do século e é, por isso, repleta de preciosismos e rigor sintático.

Gabarito

1. V - V - V - V - F
2. d
3. d
4. F - F - V - V
5. d
6. e

CONTINUE COM A GENTE!

- Editora Martin Claret
- editoramartinclaret
- @EdMartinClaret
- www.martinclaret.com.br

IMPRESSO EM PAPEL
Pólen
mais prazer em ler